字
句
——
Lette

无 尽 的 河 流

[摩洛哥] 阿卜杜勒法塔赫·基利托 著

张贝 侯礼颖 译

Abdelfattah Kilito

阿拉伯人与叙事艺术
一种陌生的熟悉感

Les Arabes et l'art du récit
Une étrange familiarité

上海人民出版社

图书在版编目(CIP)数据

阿拉伯人与叙事艺术：一种陌生的熟悉感 /
(摩洛哥) 阿卜杜勒法塔赫·基利托
(Abdelfattah Kilito) 著 ；张贝，侯礼颖译. -- 上海 :
上海人民出版社，2024. -- (阿卜杜勒法塔赫·基利托作
品集). -- ISBN 978 - 7 - 208 - 19267 - 6

Ⅰ. I106

中国国家版本馆 CIP 数据核字第 2024CB5695 号

策　　划	字句 lette
责任编辑	王笑潇
特约编辑	苏　远
封面设计	彭振威

Les Arabes et l'art du récit：Une étrange familiarité
by Abdelfattah Kilito
© Actes Sud，2009
Current Chinese translation rights arranged through
Divas International，Paris
巴黎迪法国际版权代理

阿卜杜勒法塔赫·基利托作品集

阿拉伯人与叙事艺术
——一种陌生的熟悉感

[摩洛哥] 阿卜杜勒法塔赫·基利托 著　张　贝　侯礼颖 译

出　　版	上海人民出版社
	(201101　上海市闵行区号景路 159 弄 C 座)
发　　行	上海人民出版社发行中心
印　　刷	上海盛通时代印刷有限公司
开　　本	787×1092　1/32
印　　张	8
插　　页	2
字　　数	100,000
版　　次	2024 年 12 月第 1 版
印　　次	2024 年 12 月第 1 次印刷

ISBN 978 - 7 - 208 - 19267 - 6/I · 2194

| 定　　价 | 56.00 元 |

只有将自我他者化，也就是自我改变，我们才能自然而然地理解他者。

——诺瓦利斯

前　言

长久以来，阿拉伯人都颇为自得地自视为一个诗人的民族，甚至是唯一一个诗人的民族。诗歌是他们的丰功伟绩，是他们的荣耀之名，是他们的秘密花园，也是他们的公共注册簿（dîwân）[①]，各种意义上。如今，当阿拉伯人听到有人在诵读穆太奈比（Mutanabbî）或者麦阿里（Ma'arrî）的诗句时，还是会一如既往地浑身颤抖……

然而，自伊历之初起，人们就认定了阿拉

[①] dîwân 在阿拉伯语中具有多重含义，既指作家文学作品的集合，包括诗集或散文集。译者注

伯诗歌不可译。的确，任何诗歌都抵触翻译。但在阿拉伯人那里，这一问题产生于一种与其他文化角逐、明争暗斗的氛围之中。不论是希腊哲学的拥护者，还是波斯智慧的辩护者（波斯智慧主要围绕着统治法则和礼仪规范）都对阿拉伯诗歌之美心悦诚服。但他们也知道，阿拉伯诗歌正是因为不可译，才使得只有那些懂阿拉伯语的人才能从中受益。不过，他们又略显狡诈且虚情假意地补充道，哲学论著和智慧之书倒是很适合被转译，以造福全人类。一边是自我封闭和特殊主义；另一边是向他者开放和普世主义……

此后，阿拉伯诗歌的地位几乎没有发生过改变。心怀不满的欧洲人认为，叙事才是阿拉伯人的主要贡献。塞万提斯说《堂吉诃德》的作者其实是一位名为熙德·哈梅特·贝内赫里（Sidi Ahmed Benengeli）的阿拉伯历史学家，难道这只是个巧合吗？皮埃尔-丹尼尔·于埃在《论小说的起源》中推崇阿拉伯人，说他们深谙"令人愉悦的说谎艺术"[1]。安托万·加朗则注意到，《一千零一夜》"让大家看到了，阿拉伯人在这类文学创作上远超其他民族"，并且"迄今为止，在这类文学创作中，没有任何一门语言能够像阿拉伯语一样美妙"[2]。加朗意味深长地表示，散见于《一千零一夜》中的诗句并不适合翻译，"实际上，这些诗句在阿拉伯语里有其美妙之处，但这是法国人所无法领略的"[3]。然而讽刺的是：阿拉伯人自诩诗歌大师，不承想却成了世界上最好的叙事者！

但直到十九世纪中叶，阿拉伯人才猛地意识到这一点。他们发现《一千零一夜》出乎意料地大受欢迎，自加朗首译起，它已被翻译成了各门欧洲语言。

---

[1]《皮埃尔－丹尼尔·于埃论述小说起源的书信》(*Lettre-traité de Pierre-Daniel Huet sur l'origine des romans*)，巴黎：A.-G. 尼泽出版社(A.-G.Nizet)，1971年，第57页。作者注（后未说明的均为作者注）

[2] 安托万·加朗(Antoine Galland)，《一千零一夜》，巴黎：弗拉马利翁出版社(Garnier-Flammarion)，1965年，第21页。

[3] 同上，第320页。

　　阿拉伯人致力于吸纳长篇小说、短篇小说和戏剧的文学革新，这些在当时对他们来说还是很陌生的体裁。为了支持这项文学运动并使其合法化，阿拉伯人追随着东方学家的步伐，重新思考自己的文学传统。古代叙事文本经历了再发掘、再阐释和再提升，最终让所有人都有所收获。阿拉伯文学因"异域的考验"而焕发新生，并从此与欧洲文学密不可分。

　　但两者的亲近必然建立在一种选择性之上：人们一心想要找出与某部欧洲作品有些许关联的阿拉伯叙事作品，并对此大肆夸耀。但如果某个文本没有表现出这种关联，它便会被忽视、被光荣地孤立：贾希兹（Jâhiz）的《吝人传》（*Livre des avares*）便是如此，只因人们不能将其与莫里哀的《吝啬鬼》或者巴尔扎克的《欧也妮·葛朗台》联系在一起，这部叙事艺术的巅峰之作便有了如此遭遇。反之，那些被认为或多或少地影响了欧洲文学的作品却享有盛誉，被捧上了天。比如，和拉·封丹寓言联系在一起的

《卡里来和笛木乃》（*Kalîla et Dimna*）、与流浪汉小说有关的哈梅达尼（Hamadhânî）和哈里里（Harîrî）的《玛卡梅集》（*Séances*）以及与《神曲》相关联的麦阿里（Ma'arrî）的《宽恕书简》（*L'Epître du pardon*）。再比如，伊本·图斐利（Ibn Tufayl）的《哈义·本·叶格赞》（*Hayy ibn yaqzân*）是《鲁滨逊漂流记》的先声，伊本·哈兹姆的（Ibn Hazm）《鸽子的项圈》（*Collier de la colombe*）是《论爱情》（*De l'amour*）的前身。

我接下来的论述，自然会围绕着这些作品展开。

目　录

预言模式

在阿拉伯语中，诗人被称作"沙伊尔"（*shâ'ir*）：这意味着他知道凡夫俗子所不知道的事情。他的知识从何而来？从魔鬼那儿来。魔鬼赋予他灵感，暗中附着在他身上，并朝他低吟诗篇。

很多前伊斯兰时期的诗歌都提到了这种灵感精灵（génie inspirateur）①。但在阿拉伯帝国建立以及随之而来的巨大文化动荡后，这种形象

---

① 伊斯兰教有其特有的神话体系，书中的"精灵"是伊斯兰教对于超自然存在的统称，而非北欧神话中的生物，又称"镇尼"，更多阐述详见本书第八篇《精灵之歌》。译者注

就退出了历史舞台，从此成为一种文学记忆。这是一个有趣的主题，时不时就会被一些散文（prose）不失风趣地提起，比如伊本·舒海德（Ibn Shuhayd）的《精灵与魔鬼》（*L'Épitre des génies inspirateurs*）。诗人不再被视作魔鬼的代言人，也自此不再是某种超自然知识的拥有者。人们仍然很关注"出口成章的奥秘"；但却不会再将其归于某些看不见的存在，而是将其视为纯粹的语言现象，并试图弄清楚它。

这一改变源于文字的普及，词汇、语法、格律、转义与修辞手法的汇编以及诗歌批评的发展。诗人和掌握这几门学问的人分享他的知识。从此以后，诗歌技艺的高超以及作品创作的巧妙，便成了重中之重。从前那种被某种神秘力量所启发的诗人形象，被现在这种运用一门艺术（*sinâ'a*）的各种技巧的诗人形象所取代。从这点上看，用来描述诗人的元语言可谓生动形象：诗人好比珠宝商、金银匠和织布工。就像全部的工匠一样，诗人也赋予了他所支配的材料（语言）

以一种特殊的形式。诗人创造出的诗歌就好比那些精雕细琢的珠宝或是华丽刺绣的云锦。灵感魔鬼消失后，人们对世界的幻想有所破灭，不过，还是有人试图通过修辞的华丽来补救。

细想来，灵感精灵并没有真正消失。这一强迫诗人成为其代言人的无形的存在，只不过是换了一副面孔，自此便有了权威人物的特征，所有话语皆由它定夺，不论是韵文还是散文。

在《一千零一夜》中，我们不难发现这一点。山鲁佐德前去觐见国王山鲁亚尔，她清楚地知道自己只有讲故事才能免于一死。但如何实施这一计划呢？她要怎么做才能让国王想要听她讲故事呢？她"事先告诉妹妹，一旦进到国王的住处，就立马让国王召见她。'等你到了……然后你就向我提议：姐姐，那你给我们讲个美妙的故事吧，就当今晚找点乐子。然后我就讲一个故事，来确保我们平安并让这个国家摆脱国王的暴行'"①。她巧妙地勾起了国王先听一个故事的欲望：这次他允许山鲁佐德讲故事，之后的夜晚他都没了睡意，一切也就变得更加轻而易举了……②

在某些版本中，山鲁佐德在第一千零一个夜晚里便不再讲故事了，国王命令书记官们把这些故事记下来。除了他，没人能做这个决定：说或写下故事都要有国王的许可或命令。值得注意的是，尽管山鲁佐德学识渊博（她有一千本书），但国王还是把记录故事的任务交给了书记官们。

在某种意义上，《一千零一夜》的创作过程同样适用于《卡里来和笛木乃》。由此及彼，其作者，哲学家比尔贝（Bidpay），最初与印度国王关系紧张，这不禁让人联想到山鲁佐德在面对山鲁亚尔时的情形。但就像《一千零一夜》里那

---

① 若无特别说明，我引用的《一千零一夜》(Les Nuits) 是贾梅尔·埃丁·本奇赫（Jamel Eddine Bencheikh）与安德烈·米克尔（André Miquel）的合译本，巴黎：伽利玛出版社（Gallimard）。

② 他再也睡不着了，而且故事取代了他的睡意：白天他忙于国家大事，晚上他听山鲁佐德讲故事。至于两姐妹，没人知道她们白天到底干什么。

样，危机过后，关系缓和。印度国王看到了哲学家的忠诚和才华，并命他写一本书（此书正是《卡里来和笛木乃》）。

这本书的阿拉伯语版本出自伊本·穆格法（Ibn al-Muqaffaʻ）。他在序言里表示，知识的传递不应该面向所有人，至少不该以同样的方式。他认为，《卡里来和笛木乃》"具有神秘色彩，其含义有待探究"（管住嘴、保守住秘密，正是此书隐含的主题之一）。神神秘秘、遮遮掩掩，这种话语的把戏在阿拉伯文化中并非孤例，类似的还有麦阿里。他多次强调自己的伟大诗集《鲁祖米亚特》（*Les Impératives*）①里包含着隐密信息。我们还可以举出那些命令其信徒切勿透露自己窥见了天机的神秘主义者。在他们看来，哲学家们的著作只属于一小部分人。阿威罗伊（Averroès）在他的《关于宗教和哲学之间的一致性》（*Discours décisif*）中禁止把某些知识教

---

① 或译《作茧集》。译者注

授给大众（*jumhûr*）。在伊本·图斐利的"哲理小说"《哈义·本·叶格赞》中，"秘密"（*sirr*）、"象征"（*ramz*）、"影射"（*ishâra*）这些词频繁出现，令人震惊。显然，谨小慎微和对迫害的恐惧支配了写作这门艺术。[①] 真理并不总是适合说出口，也不适合说给所有人听。在某些情况下，揭示真理是要受指责的，因为这可能会引发"费特纳"（*fitna*），一种能够扰乱个体精神、引发群体失序的骚乱。

贾希兹力图防范"语言的诱惑"，所以他在《修辞达意书》（*Bayân*）的序言里祈求上天保佑，让他既不要自命不凡和蛮横无理，但也不能笨嘴拙舌。

写作是一项充满风险的事业。要想抵御埋伏着的敌人，就需多加小心。敌人是谁？贾希兹在

---

① 参见列奥·施特劳斯（Léo Strauss），《迫害与写作艺术》（*La Persécution et l'art d'écrire*），奥利维尔·贝里洪-塞德恩（Olivier Berrichon-Sedeyn）译，口袋出版社（Presses Pocket），1989 年。

《动物书》（*Le Livre des animaux*）中写道：敌人就是全体读者。作者永远都不该忘记，自己面对着的，是必然抱有敌意的读者，敌对就是双方关系的特点。如果说读者是敌人，那能否由此推断作者是读者的敌人？总之，作者知道自己不被信任。这促使作者与读者协商，并试图去赢得其好感。贾希兹是最关心这位敌人的阿拉伯作家，他必须与读者打交道：他将读者与自己的事业联系在一起，并为其祈祷（"愿真主保佑你……"）。他随时会转向他们那边，既是为了确保他们的注意力在自己身上，也是为了激发他们的兴趣。如果接受贾希兹的这种观念，那所有的作家就都在山鲁佐德的处境之下了。

　　既要怀疑他者，也要并且更要怀疑自我。人人都是自己的敌人，危险在于自身，在于自我的居所。贾希兹写道，智者都应该明白他们跟自己的书要比跟自己的儿子更亲近。一句残忍的话：子女诚可贵，著作价更高！作者面对书写的欲念是如此强大，以至于他做好了为自己的书牺牲一切的准备。贾希兹或许是根据经典的文本才注意到，对于作家而言，他的著作远比他的子女更吸引他。贾希兹把经典中提到的财富替换成了书（顺便注意一下，诗人们曾言他们写的颂诗就是自己的女儿）。这一诱惑的直接结果是作者对自己作品的盲目，进而造成了对自我的盲目：意识不到或者大大低估了自己作品的缺陷，就好比我们往往对子女不愉快的一面视而不见。然而，正是那些逃脱了作者警觉的东西在他的读者的眼中跳出来，从这个意义上讲，读者就是敌人。

或许，对自我的怀疑能够解释某些乍看之下令人困惑的习惯，比如把自己的作品说成是别人的。这种伪造的确是一种十分复杂的现象，还牵扯到一些政治和宗教因素，但也有可能是为了抑制虚荣心。把作品挂在别人名下，能让作者与自身保持一定的距离，并抵抗话语的诱惑。

走向极端的"言语欲念"，会诱发与独一无二且完美无缺的作品一较高下的邪念。对此，必须要强调的一点是：模仿是阿拉伯诗歌的基础，尤其是以"穆阿拉达"（mu'ârada）或者比试的形式：后一位诗人在作诗时效仿前一位诗人的作品，采用相同的格律和韵脚，有时还会选择同一个主题。新颖之处往往闪现于增添了一处小细节，表现为略微修改了某一主题，蕴藏在那出人意料的细微之处。穆阿拉达有一种斗争的姿态，乍一看是在向前人致敬，实际上是想后来者居上。遵从典范的背后是想要取而代之的念头。如果这一念头涉及经典文本，那便会僭越，当受谴责。

经典作品中还有另一种重要现象：引用。除了借引用来说教明理外，人们还常常以此来展现自己的博学。但或许与人们的第一感觉不同，引用绝非才思枯竭的作家们偷懒的手段。伊本·阿卜杜·拉比希（Ibn 'Abd Rabbih）认为，引用文本比直接创作更难！困难在于所选的文字本身要能打动人，同时还要恰到好处地融入所在的语境。从引用到抄袭，往往只有一步之遥。总而言之，抄袭是门艺术，但却很少有人精通。想要全靠抄袭来创作一本绝妙的书，注定会失败。但也有一个成功的案例：据语法学家伊本·赫什沙布（Ibn al-Khashshâb）所说，哈里里《玛卡梅集》①中的内容大都是引用而来。但伊本·赫什沙布却<u>丝毫没有责备他</u>，反而认为这标志着一项值得钦佩的成就！如此一来，阿拉伯文学最伟大的作品，或者说最伟大的作品之一，或许只是部抄袭之作。这位语法学家还说道：哈里里用了毕生时间来写这本书，换句话说，来完成一次完美的抄袭。显然，完成一部抄袭之作比写一部原创作品还难。

或许有人会问，是否作家们大都不希望自己创作出来的作品不过是一大片变相的引用，又或者是一连串只有内行人才能弄懂的神秘隐喻。尽管引用是一种出于谨慎而掩饰自己想法的手段，但这并非万无一失：它总能以这样或那样的方式道出引用之人内心深处的倾向。引用的选择和

---

① 玛卡梅（Maqâma）是阿拉伯文人独创的一种文学体裁，它的阿拉伯语词义为"集会"（Séances），是一种韵体散文加诗歌的叙事文。玛卡梅是由阿拉伯文人独立创作的最早的文学故事，被视作阿拉伯古典小说的雏形。**译者注**

编排实际上能反映出引用者的责任感。贾希兹的性情在其作品中随处可见，它体现在大量的引文上。有时，贾希兹这种东拼西凑的行为算得上是丑事一桩，正如伊本·古泰拜所言："他［贾希兹］说：'先知说……'，然后立马又说：'贾马兹（Jammâz）说……'或者'伊斯梅尔·伊本·艾兹万（Ismâ'îl ibn Ghazwân）说……'，这样或那样奇怪的话。这位先知太尊贵了，不能把他的名字和书中另两个人①的名字联系在一起，更何况就在同一页，甚至只隔了一两行。"②

这把我们带到了异端学这一问题上。引述异端邪说并非什么过失；但其最终的结果可能会与异端学研究者的设想不符。这些研究者让大家注意某些观点。但要不是又被拿出来驳斥，这些观点早就被人遗忘了。想想那些异端书籍吧。尽管它们已经被查禁或被销毁，但在对其大肆批判的

---

① 两个名不见经传的人。
② 伊本·古泰拜（Ibn Qutayba），《圣训差异论》（*Le Traité des divergences du hadith*），热拉尔·勒孔特（Gérard Lecomte）译，达玛斯出版社（Damas），1962年，第66页。

论著中还残留着当初的一些片段、一些痕迹。引用会让自己被怀疑是串通好了的同谋。如何断定这些学者不是一个伪君子呢？因为害怕表露自己的看法，便将其观点推到那些臭名昭著的异端分子身上，同时还不忘照例对他们大加斥责。可能就通过诽谤麦阿里的人之口，他轻而易举地将自己无比珍视的一些观念传播了出去。比如雅古特（Yâqût），他就怀疑麦阿里以引用亵渎神明的诗句为乐（但他却没有注意到自己也引用了同样的诗句！）

然而，这种怀疑只要存在，那任何异端学研究者便都有可能会遭到怀疑，甚至受到指责。加扎利在《迷途指津》中讲到自己在一本书里大肆抨击了异端分子们，此书一出，他便有了各种麻烦：他眼睁睁地看着自己被人谴责，因为写这样一本书无异于往异端分子的磨盘里添水。加扎利的朋友们对他说："你这是在为他们工作！因为没有你，没有了你那细致入微的研究和逻辑清晰的陈述，他们可能永远无法弄清自己思想中的含糊之处。"正如加扎利所言，摆在异端学研究者面前的一大困难便是，抨击一门学说之前必须"先阐述之"。一个自圆其说且危险迷人的思想体系在阐述中被公之于众，这种情况并不罕见。加扎利认为自己必须驳斥这些标新立异的异端邪说，但有人反驳他道："或许你在回应之前，就已经引用了其存疑之处。你怎么知道你的某位读者不会先吸取了这些存疑之处，但却没有注意到你的回应呢？或者对你的回应只是一带而过，但却并未深究呢？"①

经典作家通常会说自己是奉命著书，不在序言中隐晦提及某位赞助人②的作家反而是少数。

---

① 加扎利（Ghazâlî），《迷途指津》（*Erreur et Délivrance*），法里德·贾布尔译（F. Jabre），第二版，1969 年，第 86—87 页。

② 恩斯特·罗伯特·库尔提斯（Ernst Robert Curtius）注意到这一行为在欧洲文学中十分常见，不论是古希腊古罗马时期的文学还是中世纪文学："谦虚的套话里通常会夹杂着一句特别的声明：作者之所以会冒险写作，单纯是因为某位庇护人或者某位上级要求他这么做，向他表达了这样的愿望或者给他下达了这样的命令。"《欧洲文学与拉丁中世纪》（*La Littérature européenne et le Moyen Age latin*），让·布雷儒译（Jean Bréjoux），巴黎：法国大学出版社（Presses universitaires de France），1956 年，第 105 页。

就像山鲁佐德那样，他们需要国王或者某位大人物的准许；有时则是应某位朋友的劝说。

这种论式（topos）总是反复出现，不论何种文类或学科领域。这或许是出于谦逊和谨慎，但也有可能是源自一种想要规避写作的偶然性、赋予作品必然性的欲望。这种论式有时会采取一种平易近人或是诙谐滑稽的口吻。贾希兹在《吝人传》的序言里就像是在和读者交流（里面全是类似这样的表达："你对我说……"，"你让我给你解释……"）。序言的结尾这样写道："要不是你当初要求我写这本书，我就不会费心创作，也就不会因为这部著作而遭遇不公、受到惩罚。要是我受到责备，或者我的书出了问题，那责任全在你身上。如果有人为我开脱，那也只有我可以享有（这份宽恕）。"

到了塔乌希迪这里，委托著书就变成了一出带有幽默色彩的浮夸戏剧。《友情与友人》（Al-imtâ' wa-l-mu'ânasa）的序言里有段占了大半篇幅长的对话，塔乌希迪在当中提到了自己的庇护人之一，数学家阿布·瓦法（Abû-l-Wafâ）。阿布·瓦法知道了塔乌希迪曾与一位大臣频繁交谈，想当初还是自己向这位大臣引荐的他，但他却并没有告知自己他俩谈话的内容。于是，阿布·瓦法大发雷霆。他先是劈头盖脸地指责了塔乌希迪，然后又威胁说要与他断绝一切来往，甚至还要去大臣那里搞臭他。但阿布·瓦法又说，要是塔乌希迪能把他和大臣的谈话写下来，那自己就可以原谅他的冒犯。面对这一要求，塔乌希迪只好乖乖听话。这一对话也自然成了他自我标榜的大好机会。塔乌希迪的确表现得很谦逊，他自认为难以胜任托付给他的任务。但他是奉命行事，单凭这一点就足以抬高他、凸显他。一个位高权重之人唯独选中了他，这是对他才华的认可与肯定。毋庸置疑，这就是天降大任。

而在哈里里那里，委托著书则被打上了一层神秘的印记。他在讲述自己是如何创作出了自己的《玛卡梅集》时说道：在一次文人聚会上，大家都意识到了纯文学（belles-lettres）的没落，虔敬之光也不再闪耀。为了更好地凸显这一创造力的衰退，他们列举了哈梅达尼来作对照。哈梅达尼在一个世纪之前就创作出了令人赞叹的《玛卡梅集》。今日之平庸反衬出往日之盛世。（老套的论式：从前的一切都更好。）割裂已然存在，与过去重建联系已刻不容缓。在这些抱怨声中，有一个人建议哈里里效仿哈梅达尼的《玛卡梅集》去创作一本自己的《玛卡梅集》。总而言之，来一场"穆阿拉达"。哈里里起初借口自己能力有限，并且害怕成为被抨击的靶子，拒绝了这一提议。①尽管他说自己无趣乏味、才疏学浅，但在赞助人的再三坚持之下，他也只好接受。又是一个老套的论式：故作谦虚。但其真面目很快就被揭穿了，哈里里在序言中的另一段里介绍了此书的题材和内容，并且大言不惭地强调其价值所在。

是谁建议哈里里去写的？显然是位大人物。后者与他无关，而且他只是被隐晦地提及：这个

---

① 对比一下比尔贝的态度。他并没有故作谦虚，而是直截了当地答应了创作《卡里来和笛木乃》。

人"他的建议是一种命令；服从他，他就会给你恩惠"。为了找出这个人，好几位大臣都被怀疑过。或许真是其中一个人发起的委托，但若果真如此，那为什么哈里里完全可以说出他的名字却选择守口如瓶呢？为什么哈里里放弃了万无一失的保障与声名鹊起的机会呢？各种可能性均表明，这不过是套说辞：一本书的开头必须提到是受人所托。哈里里也向这套规矩低了头。[①] 同样地，他也遵循了故作谦虚的论式。当他自称无能为力时，没有人敢和他较真。

但哈里里在提到委托著书时的措辞还是让人捉摸不透。或许我们可以更进一步，谨慎地提出另一种假设：哈里里给赞助人安排了一个角色：一个发号施令之人。那他呢？他给自己指定了何种角色？他将自己定义为何种形象？他在试图模仿何种典型？我们也看到了，他自觉难以胜任身

---

① 数不胜数的中世纪作家都表示自己是奉命写作，文学史家们纷纷信以为真；但这往往只是一种"论式"。参见恩斯特·罗伯特·库尔提斯，《欧洲文学与拉丁中世纪》，同前，第16页。

上的使命，便试图逃避这一责任。但他最终还是接受了。他想要给气数将尽的纯文学注入生机，于是便把自己当成拯救文学之人。就像是一位试图让前人传递过的讯息重见天日的先知那样，哈里里也力求把哈梅达尼的那一套推陈出新。①

传记作家们在讲述哈里里的《玛卡梅集》是如何被接受时，也参照了这种预言模式（modèle prophétique）。哈里里最初只写了四十篇玛卡梅（这个数量别有深意）。他希望自己的才华能得

---

① 为了更好地说明这一点，让我们来看一看所罗门·伊本·盖比鲁勒（Salomon ibn Gabirol）和犹大·哈里兹（Judah al-Harîzî）这两位中世纪的犹太作家吧。他们都致力于振兴当时因如日中天的阿拉伯语而被冷落的希伯来语。伊本·盖比鲁勒（卒于 1058 年）用希伯来语创作了一首有关希伯来语法的说教诗，虽然他的前辈们都用阿拉伯语来创作。他表示，之所以他会下定决心用希伯来语创作，是因为自己做了一场梦，梦里有一个来自天上的声音，命令他去完成这项使命。但这并不妨碍他后来又用阿拉伯语写下了《生命泉》（Source de vie）！犹大·哈里兹翻译过伊本·盖比鲁勒的作品，而他本人在 18 世纪初也用希伯来语创作了自己的玛卡梅集。他说道：用希伯来语写作的决定源于一些异象，这些异象让人联想到了伊本·盖比鲁勒的经历。关于这两位作家的文学作品中的"近乎预言式的创作背景"，参见丹·帕吉斯（Dan Pagis），《中世纪希伯来文学中的先知诗人》（The Poet as Prophet in Medieval Hebrew Literature），载于《诗歌与预言》（Poetry and Prophecy），詹姆斯·库格尔（James L. Kugel）编，伊萨卡：康奈尔大学出版社（Cornell Univ. Press），1990 年，第 140—150 页。

到认可，便离开了他所居住的巴士拉前往巴格达。但这个城市里的文人们一点也不信任他，还把他当成骗子，到处传播谣言，说他在巴士拉（Basra）的强盗那儿买来了一个行囊，在里面发现了《玛卡梅集》的手稿。哈里里表示抗议，但他们对哈里里说，要想自证清白就再写一篇新的玛卡梅。哈里里把自己关了"四十天"，结果什么都没写出来，坐实了巴格达人的怀疑。在这次横穿沙漠的旅行后，他又回到了巴士拉，大为挫败，倍感羞辱。不久之后，哈里里成功地写出了十篇玛卡梅，然后又去了巴格达。① 这一次，对自己才华的被认可他心满意足。自此，他声名鹊起，长盛不衰。有些对他的赞美甚至略显浮夸。雅古特在《文学家辞典》（*Mu'jam aludabâ'*）② 中写道：就算哈里里声称自己的《玛卡梅集》是不可模仿的，他也不会遭到任何非议。

① 此处，哈里里是否真的往返于巴士拉和巴格达，还有待更为细致的考证。
② 又名《伊尔夏特》。译者注

宰迈赫舍里（Zamakhsharî）同样认为哈里里的作品是一个不可思议的现象。他在下列诗句中极尽溢美之词：

我向真主及其神迹起誓，我向朝圣地和朝圣日起誓，

哈里里的《玛卡梅集》配得上描金手抄。

这一奇迹让众人目眩神迷，却又堪当作指路明灯。

其实宰迈赫舍里自己也写了五十篇玛卡梅。但或许是出于谦虚，他并没把自己与哈里里相提并论，而是把自己的雄心壮志全都寄托在了传教布道上。他放弃了诙谐（hazl）只保留了严肃（jidd）；也就是说，他只在道德劝诫上和哈里里一较高下。

但他为何投身于这项事业？既没有任何一位

高官，也没有任何一位朋友要求过他这么做。但他表示自己是在满足某位喜欢这种文学类型的读者的欲望（*raghba*）和要求（*talab*）。而事情的真正起因并非如此：宰迈赫舍里曾与一位超自然赞助人打过交道。其玛卡梅的问世离不开一些异象。他写道，一切都开始于一场梦。夜里，一个神秘的声音对他说："哦，阿布·卡西姆！写下的文字和虚假的希望！"这条简短的信息直冲他而来（阿布·卡西姆是他的别名）。他听到这个声音的时候，正值黎明时分，昏晓相割之时。这不是幻觉，而是召唤，是敦促。他在睡梦中听到的这个声音来自何方？作者对此闭口不谈，但读者却不禁想到经典中的天启。总之，宰迈赫舍里在巨大的惊恐中醒来，然后立刻投身工作，把他收到的讯息铺展开来，写成了几篇道德说教的玛卡梅。准确地说，那个声音并没有命令他写作，那个声音只是警告他：死亡，迫在眉睫；世界，虚无缥缈。然而，尽管严格意义上他并没有背负什么使命，但他却把这一讯息理解为是在督促他写作。

于是，他写了几篇玛卡梅，但他很快就扔下了这项工作；他逃避了自己的使命。或许，他在此期间也怀疑过这声音到底从何而来；或许，他自觉配不上此等天启降示的恩惠。但随后发生的一件事又让他想起了自己的任务：他大病一场。第二次的警示后，他便再也容不下任何疑虑。他的病是又一次警告，是又一个征兆。他逃过一死，被判缓刑。只有写作能给他带来一线生机。山鲁佐德通过讲故事而死里逃生，宰迈赫舍里则是通过撰写玛卡梅而幸免于难。

宰迈赫舍里决定书写传教布道之书，与此同时，他也打算开启一段新生活。他与世隔绝，并与过去的习惯一刀两断。他下定决心不再和那些达官贵人频繁来往，也不再为他们歌功颂德。他抛弃了原先的生活方式，并与世俗文学渐行渐远。于是他便完成了一种彻底的分离：宰迈赫舍里表示，他生命里的这种割裂，是在与贾希利叶时期（Jâhiliyya）决裂（该词是指天启降示前的

蒙昧时代［l'époque de l'Ignorance］。此处说的
也是启示：宰迈赫舍里梦中听到的话并非出自他
之口，他不是这些话的作者。尽管书是出自他之
手，但那晚的话（出现在序言以及第三篇玛卡梅
的开头）则是出自另一人，算作引用。

著名词典《阿拉伯人之舌》(*Lisân al-'arab*)①
的作者伊本·曼苏尔（Ibn Manzûr，卒于 1311 年）
显然也使用了预言模式。他曾提到过语言和民族
的多样性是他那个时代的一大特点（但这并不是
什么新鲜事）。他借此指出，当时人们都被外语
（*al-lugha-l-a'jamiyya*）所吸引，却忽视了阿拉
伯语。他指的是哪门外语？伊本·曼苏尔生活在
马穆鲁克王朝统治之下的埃及，所以他指的有可
能是土耳其语。但更可能是波斯语，因为自从蒙
古人入侵以后，在非阿拉伯语区，波斯语便取代

---

① 又译为《阿拉伯语大辞典》《阿拉伯语言大全》《阿拉伯语》等，
是由易弗里基叶学者伊本·曼苏尔于 1290 年编成的一本阿拉伯
语辞书，共有 8000 条词条。译者注

了阿拉伯语。[1] 总之，伊本·曼苏尔给他那个时代的阿拉伯语描绘了一副末日图景：无人在意、备受冷落，以至于阿拉伯语单词悦耳的读音和优美重音都被当作一种语言上的不规范或音调上的不和谐，伊本·曼苏尔如是说。不过，他又补充道，阿拉伯语是《古兰经》的语言。掌握阿拉伯语有一个好处：准确理解真主之书的律法和准则（*ahkâm*）以及先知的传说。

在这个颠倒的世界里，阿拉伯语大敌当前，受此影响，伊斯兰教也危在旦夕。伊本·曼苏尔编纂词典，为的就是拨乱反正，挽救这门落难的天堂之语。但他备感孤单，因为没人对他的这项事业感兴趣："我创作这部作品，就像是诺亚在大家的嘲笑声中建造方舟。"灾难迫在眉睫，阿拉伯语的辉煌如今早已不在，而伊本·曼苏尔努

---

[1] 在这些地方，"阿拉伯语之所以得以保留，只是为了地区间的交流。除此之外，便都是波斯语的天下了。波斯文学也因此迎来了黄金时代"。参见安德烈·米克尔（Ardré Miquel），《阿拉伯文学》（*La Littérature arabe*），巴黎：法国大学出版社，第三版，1981 年，第 84 页。请注意，伊本·白图泰（Ibn Battûta）在游历美索不达米亚的各个国家时，说的就是土耳其语和波斯语。

力地想要重现其往日之荣光。但他遭到质疑，沦
为笑柄。他只得"逆流而上"。大洪水险些淹没
一切，而阿拉伯语却劫后余生。供阿拉伯语避难
的那艘方舟，正是伊本·曼苏尔的阿拉伯语词典。

如何阅读《卡里来和笛木乃》?

力量不够才会诡计来凑：这便是《卡里来和笛木乃》[①]以及学校教过的寓言告诉我们的道理。狮子根本不需要背地里耍阴谋诡计，它的力量让它稳坐高位。但是，当有一位它认为更强大的同类威胁到自己时，或者当它年老体衰再也无法维持生计时，它便只能用诡计来武装自己。这是它苟全性命的唯一方式。但此时的它，还算是头狮子吗？

①《〈卡里来和笛木乃〉之书》(*Le Lijre de Kalîla et Dimna*) 法语版，安德烈·米克尔 (André Miquel) 译，巴黎：克林西克出版社 (Klincksieck)，新版，1980 年。

诡计意味着一语双关。所以《卡里来和笛木乃》中必然会出现蛇这种舌头分叉的动物的身影……书中的动物总在不停地辩论、权衡和争执。但不出我们所料，最寡言少语的就是狮子。正因物以稀为贵，所以它的话才格外有力（说话人的身份和地位不同，话语的价值和影响力便不同）。如果狮子要应对一个难题，那它会让身边的人开口：它像是话语的主人，并非因为它自己经常使用话语，而是因为它激发、允许、要求别人使用话语。

在《卡里来和笛木乃》中，话语旨在确立某种观点或理由的正确性，旨在证明某个行为的合理性。并且需要对话者竖起耳朵仔细听。怎样才能做到这一点呢？给他讲一个故事。但光输出观点是不够的，只有在叙事这种间接话语的伴随与支撑下，它才能发挥出最大的作用。但谁来叙述？要考虑到两种情况。在第一种情况中，对手们旗鼓相当——比如两头豺狼——它们轮流讲故事：谁叙述得更有说服力，谁就最有可能获胜。

在第二种情况中，对话者之间等级分明，比如狮子和豺狼。那谁觉得自己需要叙述？当然是自觉低一等的那个。狮子有时会听故事，但它绝对不会讲故事。当它一爪子就能让对话者一命呜呼时，它哪里还需要去讲述，去试图说服别人？叙事是弱者的武器。正如我们所知，在《一千零一夜》中，哈里发绝对不会讲故事，永远都不会，除非是位被废黜的哈里发。

《卡里来和笛木乃》中的大半篇幅都是警世故事（récit exemplaire）。除此之外，还有一篇阿里·伊本·沙海·艾勒·沙尔西（'Alî ibn ash-Shâh al-Fârisî）创作的序言，此人身份不详。序言讲述了印度哲学家比尔贝为什么要为印度国王德布谢林（Debshelim）创作此书。非常奇怪的是，这篇序言的开头讲述了亚历山大大帝（Alexandre le Grand）征服印度的故事。为什么要提到这段战争的插曲呢？为什么要描述这场让亚历山大和印度国王波鲁斯（Poros）兵戎相见的特殊战争呢？

在这场激战之中，这位马其顿的英雄靠一个诡计才取胜。但转念一想，这个段落虽然看起来离题千里，但却开门见山地指出了本书的一大内容，即敌意与对抗。这一内容同样体现在多篇寓言以及此书一波三折的编写与翻译过程上。

这篇序言还说到亚历山大把印度留给了自己的一位亲信来治理。但印度人"眼看着一个根本不是他们那儿的、也根本不属于他们家族的人成了国王"，心有不满，于是将其废除，转而拥护"他们老国王的一个后代"成为他们的领袖。此人正是德布谢林。我们会看到：家园（Chez-soi）、亲族和谱系的问题，也就是家乡和他乡的问题，与此书的命运不无关系。这本书本不该离开它的诞生之地印度，但却被传到了全世界。

《卡里来和笛木乃》反复提及言语固有的危险："保持沉默才能得到救赎。"比尔贝比任何人都要更了解这一点，但他却说：他敢直言劝谏国王德布谢林，让他停止对臣民的不公之举。比尔贝的行为太过冒险，遭到了其弟子的反对。但他还是认为自己有义务去做这件事："我们这些哲人，万万不能放任国王继续作恶，继续过着这令人不齿的生活。"他最害怕的，是在他或者国王死后，大家说他："比尔贝生活在暴君德布谢林的统治时期，但他却没有（做任何事来）让国王改过自新。"

于是，比尔贝前往皇宫，在取得了国王的允许后，他提到了古先圣王：他们善待臣民，这才得以"博得美名"并"赢得人民的爱戴"，比尔贝如是说。他接着又严厉地斥责了德布谢林："而你呢，国王……你像个暴君，像个压迫者。你对自己的国民全是满满的傲慢和轻蔑……你最好——况且你本该——选择你先祖们的那条道路；追循古先圣王的足迹；效仿他们留在你记忆之中的那高尚行为；和这些令人不齿的行为一刀两断，否则这个污点和这种耻辱会一直跟着你、折磨你；公正地看待你的臣民；为其福祉而端正行为。这些善行在你死后仍将被人铭记，它的荣耀会让你的美好形象留存于世。

在比尔贝看来，德布谢林不配与其先祖相提并论，因为他不在乎自己的名声，也不在乎自己生前和死后留在人们心中的形象。这里说的主要是荣耀。上帝和来世都没有被提到，没有提到死后可能的福报或惩罚。上帝不审判人的行为，国王应该向子孙后代交差。这完全违背了曾在阿拉伯文化中显赫一时的传统训诫（wa'z）：人们再三叮嘱，在审判日那天，所有人都要向上帝陈述自己的所作所为。一般来说，训诫君主是应他本人的要求进行的：说教之人谴责君主的行为，故事往往以君主痛哭流涕结尾。[1] 但《卡里来和笛木乃》却并非如此：比尔贝的话冒犯到了德布谢林，他把比尔贝扔进了监狱，差一点就下令将他处死。"比尔贝的弟子以及所有和他观点一致的人"都遭到了迫害。比尔贝的错误——或者换个角度来看，他的勇敢之处——就在于他说话直接，不拐弯抹角。他主动觐见国王，并且只用一

---

[1] 详见下章《向君主进谏》。

条舌头说话，而不是像蛇那样用分叉的舌头说话。

但过了一段时间，德布谢林想起了比尔贝，"亲切有加"地对待他并且承认了他的价值："一个有智慧且正直的人……你说了真话。"像是一场豪赌，好在最后赌赢了。比尔贝反对自己的弟子，这是对的，尽管他的行动并没有马上开花结果，甚至还差点要了他的命。

从此以后，国王一心想要和古先圣王看齐。他命令哲学家专门写一本有关他的书来纪念他的统治，此书多少能确保他死后得到救赎："我仔细想了想，我查看了先贤圣王堆放其智慧之书的书库，我发现所有人，一个不差，都在书库里放置了写有自己毕生功绩、记载着自身事迹及臣民［事迹］的书。……［到我这里］我害怕当［有一天］我像他们一样［患上重病］回天乏术时，人们在我的书库里找不到任何一本书……能让有关我的记忆永存，让人想起我的名字。所以，我希望你能施展全部智慧来为我写一本透彻深刻的书……这本书能够解决国王们和我本人所面临的大部分有关统治的难题。我还希望有一本书在我死后还能留存于世，将有关我的记忆传给后代。"

我们再一次发现话语，不论书面或口语，都在国王的掌控之下。还记得在《一千零一夜》中，山鲁佐德需要用计来让山鲁亚尔表达自己想要听故事的欲望，也就是允许她开口。德布谢林下令编写《卡里来和笛木乃》，这本书的结构本身也体现出了国王的命令。这本书不仅在整体上回应了一个要求，并且各个章节也都呼应了这一点：指定论述主题的人是国王。第一章的开篇写道："给我讲讲这两个受奸徒挑拨，从好友变仇敌的人的故事吧。"《卡里来和笛木乃》就像这样，呈现为国王和哲学家之间的一系列对话。[1] 比尔贝在写作的过程中又着手指正并改造君主，但他先改变了自己的态度。真理并不适合说出口，或者

---

[1] 后来，塔乌希迪又在不同于寓言的另一种类型里采用了这种形式。他在《交游之乐》(*Al-imtâ'wa-l-mu'ânasa*) 中探讨了各种文学和哲学问题。这次是一位大臣，在四十个夜里，向作者提出了一些问题让他来阐述。就像在山鲁佐德的故事里那样，对话都发生在夜晚。

只有满足了某些先决条件才能说出口。因此，他并没有像当初斥责国王时那样对他直言进谏，而是以一种委婉的方式，通过叙述，把想说的道理隐藏在寓言之下。

　　书一写完，哲学家就当着国王和满朝文武的面诵读。读完后，他当即建议禁止传播此书："愿国王循先王旧例，下令将书封存，并珍藏起来。因为我担心如果波斯人（碰巧）知道了这本书的存在，那这本书怕是会流出印度，落入他们之手。所以，请国王下令，让此书不得被带离书库。"矛盾之处在于，就像其他写给古先圣王的书那样，这本书原本也是为了赞颂国王的光辉事迹而作，但却被隐藏了起来，广大读者无从读起。只有国王和少数几位有权进入书库的大臣才能知晓其内容。由于这项规定，比尔贝的作品注定无人问津，他写了一本不能被翻阅的书。被封藏，被保密，《卡里来和笛木乃》是一件可望而不可及的珍宝，它被埋藏在洞穴之中，旁有恶龙看守。任何人只要靠近它，就会丧命于此。比尔贝确实禁止了此书的翻译与传播，将其视作"我们"独有的财富。然而，拒绝"被翻译"的同时，也一并拒绝了翻译，一道壁垒突然横亘在自我与他者之间。我们由此回想起了印度人对亚历山大给他们安排的国王十分不满：这个国王不是他们种族的人，这就是他被废黜的原因。

翻译往往被描述为一种爱的举动，一种开放包容的迹象。人们在提到翻译盛行的年代，比如四世纪和五世纪的巴格达以及七世纪的托莱多（Tolède）时，总是满怀温情、饱含怀念……然而，现实并非这般美好，翻译往往发生在竞争和敌对的背景之下。许多民族都不允许自己的神圣文本被翻译，并且将这种语言上的转换视作侵入。[①] 神圣文本经过翻译很有可能会被砍削，变成一具死尸、一具骷髅。因此，神圣文本不该离开

---

① 参见乔治·斯坦纳（George Steiner），《巴别塔之后》（*Après Babel*），阿尔班·米歇尔出版社（Albin Michel），1998 年，第 331 页。

自己的语言、自己的居所。然而，比尔贝并不担心他的书被翻译得不好，或是被背叛；他也并不在意文本转换往往伴随着不确定与意外。他担心的是波斯人将其据为己有，将书里的内容学了去，从中汲取力量和荣耀。翻译的原则中带有一种论战（源于希腊语 *polemos*，"战争"）的倾向，甚至是一种帝国主义的企图。"翻译就是征服。"[①] 尼采如是说。翻译，就是侵略外国的领土、赶走那里的人或者让他们归顺、侵吞他们的财产和宝藏。要是他们迟迟不肯放弃抵抗，那就突然袭击或者派出一名间谍假扮成学者，把他们作品的抄本带回来，就像《卡里来和笛木乃》中发生的那样。

尽管百般设防，这本禁忌之书还是被翻译成了巴列维语（Pehlavi）[②]。波斯国王阿努希赫万（Anûshirwân）的宰相波兹迈（Bozorjmehr）写了一章[③]来讲述此书的传译历程。阿努希赫万

---

① 同前，第 324 页。
② 巴列维语又称钵罗钵语，是中古波斯语的主要形式，通行于 3 至 10 世纪，是萨珊帝国（224—651）的官方语言。编者注
③ 即《布祖尔吉米亥尔·伊本·巴海丹写的白尔才外传》。译者注

（Anûshiruân）知道了《卡里来和笛木乃》的存在，"千方百计地想要将其占为己有，帮助自己治理国家，并按照书中的智慧行事"。一位名叫波兹亚①的医生受命前往印度抄录这本以及"［那边的］国王们用得到的所有书"。多亏了一名印度同谋，这项危险的任务才得以圆满完成。"他可以负责，每天夜里，偷偷地，替波兹亚抄录皇家书库里的样本书。但他并非不知道这个波斯医生行为背后的利害关系："你来我们国家是为了窃取我们崇高学问中的珍宝，好带回国去讨你们国王的欢心。"他帮助白尔才实现计划，这的确是对自己国王的背叛；但如果将其视作翻译，就不值得大惊小怪了。

波兹亚的行为和亚历山大的如出一辙；不同的是，这次他不是去攻占别国，征服其臣民，而是去夺取它的智慧宝藏。通过翻译《卡里来和笛

---

① 波兹亚（Borzuya 或 Bozouyeh），萨珊王朝的一位波斯医生。他将印度的五卷书从梵文翻译为巴列维语，后来他的巴列维语版本被伊本·穆卡法翻译成阿拉伯语，即《卡里来和笛木乃》，成为古典阿拉伯语最伟大的散文。编者注

木乃》，波兹亚以自己的方式征服了印度。当他带着这份"价值连城的"战利品回到波斯时，他应得的所有荣耀都在等着他。他历经千辛万苦带回来的这本书在"王国的所有智者和贵族"面前被公开诵读。这本书的翻译与创作一样被庆祝。但与比尔贝不同的是，波兹亚并没有要求封禁此书。

现在再来看伊本·穆格法的阿拉伯版本的话，那必定会发现这个版本已如此深入人心了，以至于没有人真正在意印度语源本，更别提巴列维语的译本 ① 了。值得注意的是，尽管《卡里来和笛木乃》的源本和巴列维语的译本都因国王才得

---

① 有关此书的不同版本，请见卡尔·布罗克尔曼（C. Brockelmann）"卡里来和笛木乃"词条，载于新版《伊斯兰百科全书》（*Encyclopédie de l'Islam*），第四卷，第 524—528 页。另请见安德烈·米克尔（André Miquel）译本的引言部分。在弗里德里希·施莱格尔看来，不保留原本是阿拉伯人的一大特征，他写道：阿拉伯人有一种天性，在最大程度上热爱论战；对于所有异族，只要作品被翻译了，他们热衷于就此毁灭或抛弃原版，这是他们哲学精神的特征。（《批评断片集》[*Fragments critiques*]，见菲利普·拉库－拉巴尔特 [Ph. Lacoue-Labarthe] 和让－吕克·南希 [J.-L. Nancy]，《文学的绝对》（*L'Absolu littéraire*），巴黎，瑟伊出版社（Le Seuil），1978 年，第 131 页）。参见阿卜杜萨拉姆·贝纳卜德拉利（Abdessalam Benabdelali），《论翻译》（*De la tra duction*），卡萨布兰卡：图卜卡勒出版社（Toubkal），2006 年，第 60 页。

以问世，但伊本·穆格法的版本却并非如此。穆格法在序言里既没有提到阿拔斯王朝的哈里发曼苏尔（Mansûr）①（穆格法生活在他的阴影之下），也没有提到任何其他的赞助人。这有点奇怪。难道说是他自己揽下了这本书的翻译？②但无论如何，他并非奉命著书。他的版本也并没有像比尔贝和波兹亚的那样被当众诵读……

在某些方面，伊本·穆格法和波兹亚处在相同的境遇：他们都带来了一种异域文化，波兹亚把书从印度语翻译成巴列维语，伊本·穆格法则是从巴列维语翻译成阿拉伯语。他们的翻译在一种怀疑和明争暗斗的氛围中展开。但如果说波兹亚窃取了印度的宝藏，那伊本·穆格法则是把这份财富，连同波斯版叠加的那一份，献

---

① 原名艾卜·哲尔法尔·阿拔斯（707—775），阿拉伯帝国阿拔斯王朝第二任哈里发。他自称"曼苏尔"，意为胜利者。他因伊本·穆格法多次在作品中表露出对自己的不满，所以最终下令以"伪信罪"将其处死。译者注
② 更加令人震惊的是，他的另外两部作品《大礼集》（*Al-adab al-kabîre*）和《小礼集》（*Al-adab as-saghîr*）也没有提到某位赞助人。相反，他的《近臣书》（*Risâlat as-sahâba*）则是献给了哈里发（自始至终都以第三人称指代），他在此书中毕恭毕敬地提出了几项政治和军事领域内的改革主张。

给了阿拉伯文化。含糊不明的行为，精打细算的慷慨……他使用征服波斯人的语言阿拉伯语的目的是什么？是为了展示波斯人和印度人的优越性，还是更微妙地显示这本书的优越性？实际上，他对《卡里来和笛木乃》的描述让人捉摸不透："一旦你读了这本书，你就会变得足够充实，不再需要别的书了。"这是一本让其他书变得无用或者多余的书。或许每一本书都有其缺陷，是不完整的，但或许所有书加起来也不外乎一本《卡里来和笛木乃》。伊本·穆格法把它提升至群书之巅！

除此之外，还需要学会如何阅读，并且，首先应该了解这部作品是如何被创作出来的。伊本·穆格法提到了印度的寓言作家们，并阐明了他们的写作方式："在两个原因的共同作用下，这些学者选择让动物们开口说话：他们在那里找到了一个广阔的领域，同时也找到了一种自由表达自己的方式。至于书［本身］，它将风趣和哲理结合在一起，哲理吸引哲人，风趣吸引俗人。"

这本书，虽然只是区区一本，但却蕴含了两本不同的书，一本表象之书，一本隐蔽之书。因此它会有两种读法，一种庸人的读法，一种智者的读法。伊本·穆格法表示，如果阅读"做不到准确理解……那这对于读者而言，就没有任何作用和益处可言了"。矛盾之处在于，作为传播智慧的模范叙事，但最终却成了哲人专有。[①]这样一来，比尔贝加倍禁止人们接近他的著作：他不仅将其封存在皇家书库之中来阻止其传播；还把书写得让大部分人都无法参透其真正的内涵，只有少数有领悟力的读者才能够理解。

伊本·穆格法认为，要想获取这本书的深层内涵，就必须遵守某些规则，比如，在阅读过程中绝对不能一扫而过："［阅读此书时］不能还没等完全理解了上一个主题，还没等耐心地把它

---

① 列奥·施特劳斯有言，理解的障碍与一种受迫害影响的写作艺术有关。当真实的或假想的迫害起作用时，计谋、狡猾的话就成了一门艺术，寓言便是其中之一。然而，即使掌握了这门艺术，也并非总能抵抗专制。伊本·穆格法写了很多书，他在书中提出了很多条君主们需要遵守的行为准则。结果他在 757 年被暗中处决了。

读完和读透，就一口气翻到了下一个。"当心即时理解的错觉。总之，《卡里来和笛木乃》看似简单，但要想弄清其中的奥秘需要一生的时间。只有深入研究才能发现其中谜一般的教诲。伊本·穆格法的言下之意便是，只有把握了书中讽喻的意义才有可能读好《卡里来和笛木乃》。然而，能做到这一点的人，还用得着这本书吗？

向君主进谏

伊本·穆格法建议大臣们不要把自己和新任君主的关系建立在对他过往性格的判断上。因为，他在《大礼集》中写道："性格会随着权力（mulk）而改变，只因过去经常来往便洋洋自得，便会招来祸端。"[1] 福斯塔夫[2] 就是没有明白这一点：当威尔士亲王放浪形骸时，他是他的跟班，但当亲王登基成为亨利五世后，他一下子就被无情抛弃了。

---

[1] 伊本·穆格法，《大礼集》，第三版，1964 年，第 120 页。
[2] Falstaff，莎士比亚笔下最出名的喜剧人物之一，一个嗜酒成性又好斗的士兵。**译者注**

尤西 [1] 在《穆哈达拉特》中用了整整一页的篇幅来写伊本·马哈里 [2] 这个让人意外的人物。他自称万众期盼的马赫迪（mahdî）[3]，在多次打败萨阿德王朝的苏丹 [4] 兹丹（zaydân）后以胜利者之姿进驻马拉喀什。尤西在这一页里谈到伊本·阿比·马哈里时的语气反倒是批判性的，至少也是有所保留的。但他在结论里却出乎意料地话锋一转：

> 据说，在他占领马拉喀什后，他的兄弟们（fuqarâ'）前来找他，向他表示敬意和祝贺。但当他们在他面前祝贺他

---

① 阿布·伊本·尤西（Abu ibn al-Yusi），摩洛哥苏菲派作家，他被认为是 17 世纪最伟大的摩洛哥学者。译者注

② 有关伊本·阿比·马哈里（Ibn Abî Mahallî，卒于 1613 年）的资料，请参见雅·贝尔克（Jacques Berque）的文章《想要成为国王的人》（"L'homme qui voulut être roi"），载于《乌理玛斯：马格里布的创始人和暴动者》（*Ulémas, fondateurs, insurgés du Maghreb*），巴黎：辛德巴出版社，1982 年，第 45—80 页，以及阿巴德·马吉德·卡杜里（Abd al-Majîd al-Qaddûrî）的相关论述见拉巴达：摩洛哥研究协会出版社（'Ukâdh），1991 年。

③ 意为"蒙受真主引导的人"或"被引上正道的人"。译者注

④ 苏丹（Sultan），阿拉伯语音译词，意味"力量"、"统治权"。某些伊斯兰国家最高统治者被称为苏丹。译者注

征服了这个王国时，其中一个人却一言不发。马哈里问他原因并强迫他开口。他对马哈里说："你现在是苏丹了。除非你允许我说真话，否则我是不会开口的。"——伊本·阿比·马哈里回答道："我允许了，你说吧。"——"好吧。在球赛中，至少有两百来号人在追球、抢球，为了球冒着被打、受伤甚至死亡的危险。场上只有呻吟和恐惧。但仔细观察便会发现，这个球只是个'沙拉威特'（shrâwît），也就是一团破布罢了。"当伊本·阿比·马哈里听到这个讽喻时，他恍然大悟，泪流满面。他说："我们本想修复宗教，但却误入歧途。"①

在这个场景中，伊本·阿比·马哈里听到了

---

① 《穆哈达拉特》（*Al-Muhâdarât*），1982 年，第一卷，第 262—263 页。引自雅克·贝尔克（Jacques Berque）的翻译：《尤西：十七世纪摩洛哥文化问题》（*Al-Yousi, problèmes de la culture marocaine au XVIIe siècle*），海牙：穆通出版社（Mouton et Cie），1958 年，第 87 页。

两种不同的话语：一群人说出的赞美之语和一个人说出的责备之语。后者并非自己主动发言的，他可能甚至都不想开口，但他那紧绷着的沉默与他周围的滔滔不绝和兴高采烈形成了鲜明对比。这使他变得可疑，并被视作扫兴的人（trouble-fête）。因为这的确是个值得庆祝的日子（fête）。如果不是为了向伊本·阿比·马哈里致敬，那他为什么要来呢？沉默让人不安，也令人不快。我们都听说过大师们的一些轶事，他们在听众当中一眼就注意到了某个年轻人。他始终一言不发：任何猜测都是有可能的。因为不合群，这位法基尔①显得与众不同，引人注意。最先被吸引的就是"促使他开口的"伊本·阿比·马哈里。这个命令他避无可避。

　　但他要说的话可能会危及他的安全：他知道自己"现在"面对着的不是师门好友，而是一位苏丹。他感觉自己没资格与苏丹自由交谈。在他

---

① 法基尔（faqîr）是指中东和南亚一些守贫和虔诚禁欲的苏菲派修士。编者注

眼中，伊本·阿比·马哈里是一位苏丹；在伊本·阿比·马哈里眼中，他是一位臣民，自己掌握着他的生杀大权。因此，他请求给予他豁免权，他要求坦率地说真话。这意味着其他人说了假话，真话并不好听，它意味着危险。

虽说他受到保护，就算君主发怒也不伤害他，但他并没有对君主直言进谏，而是采用了一种迂回的方式，借助了讽喻和例子（mithâl）。他既没有使用第一人称，也没有使用第二人称。换言之，他本人并没有直接出面，也没有牵扯到伊本·阿比·马哈里。他不过是泛泛而谈，道出权力，乃至一切通过暴力夺来的权力的微不足道。尽管并不确定这是他寓言的意思，但姑且认定他的讽喻是这个意思吧。事实上，它只是一个典故，只描述了几百个人追抢一个球，在游戏中兴奋和受伤的景象。这真是疯狂，因为他们追逐的不过是一个拿破布做成的球，但他们并没有想到这一点，他们完全沉浸在游戏的紧张和激烈之中了。他们没想过去审视一下这个球。

　　然而，还有别的东西需要考虑：寓言本身。它的字面意义与浅层含义，还要思考它的深层含义与经验教训。通常来说，经典作家都会解释他们所使用的例子和比喻。但这里并非如此：法基尔抛出了一个谜语，然后就闭嘴了，回到了自己之前的沉默当中。沉默充满了悬念的意义。可以说，球现在来到了伊本·阿比·马哈里这边，他被引导着去查看球，去思考这个寓言和自身的境遇，也就是说，去思考权力的表象。

　　奇怪的是，尤西本人也并没有开口。但这或许是因为这寓言的意思是法基尔自己表达的，并非在论述之后（通常情况如此）而是在论述之前，开始于第一句话："你现在是苏丹。"模棱两可的话：一方面承认了伊本·阿比·马哈里的权力；另一方面暗示了权力是有期限的。法基尔在表明归顺和臣服的同时，也暗示了这种情形是昙花一现。伊本·阿比·马哈里过去不是苏丹，但"现在"是。可这样的光景并不会长久，因为他终有一日将不再是苏丹。

伊本·阿比·马哈里领会到了这一寓意，泪流满面，他说了一句令人难忘的话，总结了自己的这段经历："我们本想修复宗教，但却误入歧途。"他的初衷值得称赞：他本想巩固和加强宗教（aradnâ an najbura-d-dîn），但最终却破坏并毁灭了宗教（fa atlafnâh）。

他的眼泪意味着什么？[1] 是承认了法基尔的话是中肯的，是一种后悔。但或许他是因自己不再纯真而哭泣，或许他突然意识到了这个（希腊悲剧和莎士比亚喜剧中所传达出的）残酷事实，即手握权力就必然有罪。他不经意间走错了路，迷失了自己。面对这种情况，他无能为力。事情

---

[1] 贾希兹在《吝人传》中写道：眼泪"是细腻和敏感的象征……流着泪的虔诚信徒最接近上帝，他们哭着恳求上帝的怜悯。苏菲安·伊本·穆赫里兹（Sufyân ibn Muhriz）流了太多眼泪以至双目失明。他们中的很多人都因哭泣（得不费力气）而被称赞。比如叶海亚（Yahyâ）和海瑟姆（Haytham），他们两个都被称为'流泪者'"。一段时间以来，眼泪的历史都受人关注；有关眼泪在 18 和 19 世纪法国的意义，参见安·文森布佛（Anne Vincent-Buffault），《眼泪的历史》（Histoire des larmes），巴黎：里瓦日出版社（Rivages），1986 年。

就是如此，没有任何办法。①

虽然没有明说，但不管怎样，伊本·阿比·马哈里的眼泪都是值得称赞的：这表明他并非铁石心肠，就算不一定能改过自新，但他至少能听得进去真话。这是件好事，叙述者似乎很看重这种品质，尽管他并没有对这一场景发表评论，别忘了，这一场景是在众目睽睽之下发生的。净化的泪水，宣泄的泪水……仿佛伊本·阿比·马哈里的暴行被这次公开的忏悔所洗刷，仿佛他在迷失方向后又找回了自我，他，"现在"，变成了法基尔，就像那位小心翼翼地对他说话的人一样。他仍然是"苏丹"。正如伊本·穆格法所言，权力的确会改变掌权之

---

① 伊夫拉尼（Ifrânî）再现了尤西所描述的场景，在这之前有一段话展现了伊本·阿比·马哈里在胜利后的转变："当阿比·马哈里走进马拉喀什的皇宫时，他为所欲为。……权利的迷醉让他晕头转向，他忘记了敬畏真主和禁欲，这些都是他过往行为的基石。"（《努扎特哈迪》[Nuzhat al-hàdi]，第二版，第 207 页）他为所欲为：这个表述让人联想到任性妄为、放荡不羁和毫无节制，并且指向了一条著名的圣训："如果你没有羞耻心的话，那你就为所欲为吧。"伊本·阿比·马哈里屈服于自己的激情，不遵守节欲克制的规则，他不再听从理性和"阿格勒"（aql），这个词从词源上看是指"联系、羁绊"，衍生为克制和智慧。

人的性格。但训诫的作用就是让人找回原先的性格，最初的纯真。

最初的纯真？或许吧。伊本·阿比·马哈里在自己的著作《伊思利特基里特》(*Islît al-Khirrît*) 中，回忆了自己的童年和父亲形象："有时，当他发现我不务正业，看出我想要去打麻雀、踢球和参加别人的婚礼时，他便会拿绳子把我绑起来，打我一顿。"[1] 这段心里话与尤西的叙述之间有许多相似之处。首先是球：伊本·阿比·马哈里依然会玩球！他童年时的玩闹在成年后会变成一种漂泊不定的生活。从小到大，他都未改变。还有婚礼：婚礼仪式彰显了男性的权力。男性在夜间的壮举引起了人们的兴趣和钦佩。[2] 如今，伊本·阿比·马哈里成了"苏丹"，人们涌向宫殿向他表示祝贺，这难道不是一个类似的

---

[1] 转引自阿卜杜勒·马吉德·卡杜里，《伊本·阿比·马哈里》，同前，第 47 页。

[2] 参见 M. E. 库姆斯 – 席林（M. E. Combs-Schilling），《神圣表演：伊斯兰教、性与牺牲》(*Sacred Performances, Islam, Sexuality, and Sacrifice*)，纽约：哥伦比亚大学出版社，1989 年，第 192—194 页。

仪式吗？麻雀也值得关注：这些鸟预示着日后追随他的卑贱的人（'awâmm）。[1] 最后还请注意父亲和法基尔之间的类比，这里法基尔是父亲的替代者。两人都责罚了伊本·阿比·马哈里，一个是拿绳子把他牢牢地绑起来打，另一个是责备他，让他回归理性，回归"阿格勒"，再说一遍，"阿格勒"指缰绳和镣铐。伊本·阿比·马哈里此时流下的眼泪，正是他当初在被父亲责罚时流下的眼泪。

让我们来看看尤西在写给穆莱·伊斯梅尔[2]的《大书简》（*Grande Epître*）中讲述的另一个

---

[1] 《穆哈达拉特》，卷一，第 262 页。众所周知，古代作家没有太过尖刻的词来形容卑贱者，而且他们笔下经常出现鸟类。尤西注意到，平民百姓会追随每一只鸣叫的乌鸦跑。无常、易变、轻率：这些都是平民百姓和麻雀的共同特征。hilmal-'asâfîr（字面意思是"麻雀的忍耐"），指的不就是白痴的愚蠢和迟钝吗？

[2] 穆莱·伊斯梅尔（Moulay ismaïl, 1645—1727），摩洛哥阿拉维王朝第二位苏丹，1672 年至 1727 年在位。他在位 55 年，是摩洛哥所有苏丹中最长的，其统治期间被视为摩洛哥的鼎盛时期。

编者注

故事吧，这一次是有关哈伦·拉希德[①] 和苏菲安·塔维里[②]：

当哈伦受封哈里发时，人们纷纷走近他，他打开宝库，开始［分发］赏赐。他希望苏菲安能够前来，因为他们两人曾因学问而结缘。他看到苏菲安没有前来，便给他写了一封信，并让阿巴德·塔利卡尼（'abbâd at-Tâliqânî）代为转交。当阿巴德找到苏菲安时，他正和同伴在清真寺里。苏菲安在起身祷告时看到了阿巴德。阿巴德等他祷告完后，把信递给了他，但他没有碰信，而是让一个同伴读出来。信的内容如下："我一直在等待你的到来；我还保留着我们之

---

① 哈伦·拉希德（Harun al-Rashid，763—809），伊斯兰教第二十三代哈里发，阿拔斯王朝的第五代哈里发。他在任期间为王朝最强盛时代。其首都巴格达和唐朝长安一样是世界第一流的城市，人口多达 100 万，也是国际贸易中心。编者注
② 苏菲安·塔维里（Sufyan al-Thawri，716—778），伊斯兰教学者。编者注

间的友谊和联系",等等。然后,苏菲
安对其同伴说:"在信的背面写。"[弟子
们]对他说:"师父,给他写在一张白纸
上吧。"——"就在他那张纸的背面,"
他回答道,"如果它是合法获得的,那
也就罢了;如果它是非法获得的,那它
也不会留在我们这里败坏我们的宗教。"
然后,他口述道:"致误入歧途的哈伦,
虔敬的美好已离你而去。"他又继续这
样说道:"你打开了属于穆斯林的宝藏,
并按照自己的意愿分配。但你得到那些
为信仰而战的人的许可了吗?你得到
那些孤儿寡母的许可了吗?",诸如此
类。最后他对哈伦说:"至于友谊,我们
已经断绝了,我们之间不会再有任何联
系和友谊。以后不要再给我写信了,因
为就算你写,我也不会看,更不会给你
回信。"见此,阿巴德走到集市上,脱
下衣服,换上低廉的衣服,托人把牲口

牵到哈里发的宫殿里，皈依了至高无上的真主。当他带着信回到拉希德身边时，拉希德一见他就明白了并喊道："送信的人成功了，但派他送信的人失败了"。阿巴德把信交给了他。他看信时哭得泪流满面，让人心生怜悯。他的随从（julasâ'）对他说："苏菲安对您无礼，请您派人把他带来见您。"——他回答道："闭嘴，这个误入歧途的人就是被你们带入歧途的！"①

这个故事与前一个故事有许多相似之处，我们就只说说两者的不同之处。君主和学者之间的交谈并非口述，而是以书面形式表达，这便产生了一定的距离。首先是空间上的距离（哈里发在宫殿里，学者在清真寺里）。但值得注意的是苏菲安在信中的语气，大胆至极。苏菲安既没有使

① 尤西，《书简》（*Rasà'il*），卡萨布兰卡：达尔·塔卡法出版社（Dâr ath-tha-qâfa），1981 年，第一卷，第 192—193 页。

用讽喻，也没有使用表示恭敬或谨慎的用语。他傲慢到竟然拒绝碰哈里发的信，还让人（一位弟子！）就在这封信的背面写下回复。这一切还是在所有人都看到并且知道的情况下进行的：苏菲安在弟子中间（他们惊讶于他没有把回复写在白纸上），而哈伦则被熟人包围着。他们立马群情激奋，但哈里发让他们闭嘴，还用上了苏菲安对他的形容："闭嘴，这个误入歧途的人就是被你们带入歧途的！"哈里发在听到训诫之时洒下热泪，这已经很好了；更何况他还训斥自己身边的人，这就更加值得称赞了：他证明自己明白了这一训诫，并且转而向自己身边的人传布这一金玉良言。

尤西在故事结尾处写道："哈伦收好了苏菲安的信，并且时不时地拿出来看一看。"尤西并没有交代哈伦是否每次读信时都会落泪……

或许，我们现在明白了训诫的目的，任何训诫（wa'z）都是为了让被训诫者落泪。欧麦

尔·伊本·阿卜杜拉·阿齐兹①，尤西对他的钦佩
不亚于正统哈里发②，有一天，他在听到一声责备
后"开始哭泣、喊叫、喘气，甚至差点因此丧命"。
眼泪是恐惧（khawf）的产物；实际上，古籍中
不加区别地使用"wa'z"和"khawf"来指同样
的现象。哈里发曼苏尔曾对阿姆鲁·伊本·乌
拜德（'Amr ibn 'Ubayd）说："训诫我（'iznî）。"③
欧麦尔·伊本·哈塔卜（'Umar ibn al-Khattâb）
曾对卡卜·艾赫巴尔（Ka'b al-Ahbâr）说："恐
吓我们（khawwifnâ）。"④ 在最后这几个例子里，
想要听这些振聋发聩、催人泪下的话的人，正
是君主自己。

---

① 欧麦尔二世（Umar ibn 'Abd al-'Azîz，682—720），伊斯兰教
第十二代哈里发，阿拉伯帝国伍麦叶王朝第八代哈里发，717—
720 年在位。编者注
② 正统哈里发是指穆罕默德逝世后自 632 年至 661 年相继执掌阿拉
伯伊斯兰国家政教大权的四位哈里发，分别是伯克尔、欧麦尔、
奥斯曼和阿里。正统哈里发都是通过民主选举产生，他们的继
位获得了大多数穆斯林的认可，被视作先知穆罕默德的合法继
承人，故有"正统"之称。译者注
③ 沙里希（Sharîshî），《沙赫哈里里玛卡梅》（Sharh maqâmât al-
Harîrî）开罗，1952—1953 年，第 2 卷，第 182 页。
④ 伊布什利（Al-Ibshîlî），《穆斯塔特拉夫》（Al-mustatraf），贝鲁特：
达尔加拉姆出版社（Dâr al-qalam），1981 年，第 105 页。

训诫就是要让君主落泪，就像俏皮话就是要引人发笑一样。有时，同一个角色同时履行了这两项职责。比如，布卢尔（Buhlûl）就让哈伦·拉希德时哭时笑。① 眼泪和笑声一样，都可以缓解紧张气氛：这样君主就会满足任何要求，给予恩典，施与赏赐（通常，说笑之人会接受，责备之人则会拒绝）。②

为了更好地理解训诫的含义和影响，让我们将其与赞美诗和讽刺诗进行一个简短的比较。赞美诗抚慰和激励人；而讽刺诗则是激怒、羞辱和冒犯人。诗人阿沙（A'shâ）的一篇讽刺诗"让阿尔卡玛（'Alqama）像一个［卑贱的］奴隶一样哭泣，尽管他原本是如此的惜泪和自制"③。但

---

① 阿布·卡西姆·阿尔·尼沙普里（Abu-l-Qâsim an-Nîsâbûrî），1987 年，第 140—142 页。

② 顺便一提，路易十四在听完德拉鲁神父（Père de la Rue）的布道后留下了眼泪。参见欧内斯特·拉维斯（Ernest Lavisse）《路易十四》（Louis XIV），巴黎：塔朗迪耶出版社（Tallandier），1978年，第二卷，第 709 页。

③ 伊本·沙拉夫·卡拉瓦尼（Ibn Sharaf al-Qayrawânî），《文学批评的问题》（Questions de critique littéraire），夏尔·佩拉（Charles Pellat）译，阿尔及尔（Alger）：卡博内尔出版社（Carbonel），1955 年，第 19 页。

是，与训诫不同的是，讽刺诗还试图令人发笑，因为它设定了一群以贬低受害者为乐的观众（听众或读者）。讽刺诗人与其他人形成了共谋，只有一人除外：这份恶毒会让被讽刺者铭记终生，没有人怜悯他这个受害者。训诫是说给君主听的，令他落泪；可训诫只对君主有作用，对他身边的人没有任何影响，他们往往群情激奋：怨恨那个提出劝诫，让君主挫败的人。但君主想要这种状态，因为，在真主面前谦卑，便会受世人敬重。突如其来的挫败令他受益良多：他的谦逊成为一段佳话，被广为传颂。

训诫的一大典范就是，先知拿单（Nathan）谴责大卫王为了迎娶拔示巴（Bethsabée）而将赫人①乌利亚（Urie）②送上死路。还记得穷人的

---

① 赫人（Hittite）是《圣经》中的一个民族，居住在迦南地。译者注
② 拔示巴原先的丈夫。译者注

羊^①这一讽喻及其对大卫王的影响，他崩溃了，禁食七天，只席地而卧（《撒母耳记下》，第十二章，1—16节）。

尤西参照的主要是天启降示的时代和正统哈里发时代；他正是想从这段时期中去探寻如何解决社群所面临的问题。真理存在于过去，存在于一段如电光火石般闪烁过后就永远消失的短暂时期。未来没有什么值得期待的：尤西根本不相信进步，相反，他在历史进程中只看到了倒退和堕落。这是他作品中频繁出现的一个主题：他无数次抱怨自己来到了时间的尽头（âkhir az-zamân）！^②当然，历史有时也会留下一些惊喜：古老的真理可能会再次闪耀（尤西指出，倭马亚王朝欧麦尔二世的统治时期就是如此），但这只

---

① 相传城中有一个富人和一个穷人，富人拥有许多牛羊，但穷人只有一头母羊羔，他每日悉心饲养。但某天，富人家中来了客人，他舍不得拿自己的牛羊来待客，就把穷人的羊宰了。译者注
② 有关"愤世嫉俗"（convicium saeculi）这一论式，请参见雅克·贝尔克，《尤西》，同前，第83—84页。

是一个例外，黑夜很快又再次降临了。[①]

尤西认为，"扬善"（al-amr bi-l-maʿrûf）是学者的职责，但要想履行这一职责，就必须满足两个条件：一是要让人欣然接受，二是要保证不引发混乱（fitna）。在《穆哈达拉特》中，尤西严厉地批评了奉行马赫迪主义的堂吉诃德式的空想家，他们怀揣着美好的愿望，却造成了无政府主义的混乱。[②]

让我们停下来看看第一个条件，即让人欣

[①] 怀念这些过往并不新鲜。哪位学者没有经历过流放？有关这个问题，参见阿卜杜拉·拉鲁伊（Abdallah Laroui），《伊斯兰与国家》（"Islam et Etat"），载于《伊斯兰与现代》（Islam et modernité），巴黎：发现出版社（La Découverte），1986 年，第34—36 页。就尤西而言，怀念具有特殊的意义，因为它是双重的，既对最初的时间，又对故乡的空间。尤西来自游牧民族，是一位沙漠之民（他在《大书简》中这样呐喊道。参见《书简》（Rasâʼil），第一卷，第 170 页）。因此，他厌恶城市，对他而言，城市意味着狭隘、拥挤、骚乱、贪婪和虚伪。在这里，所有的好习惯都被打乱了：饮食结构（过量食用肉类）、夫妻关系（男人失去了对妻子的控制，妻子变得苛刻）、父权（城市风俗的败坏影响了孩子）（同上，第 166—167 页）。反之，尤西为他的乡村生活描绘了一幅田园诗般的美好图景：宁静、纯真、宽阔、澄澈。他提醒道，bâdiya（沙漠）从词源上来看，意为可见的、清晰的、能够在外部看到的（同上，第 182 页）。与乡村重新建立联系，意味着回到过去，与我们最初的起源重新建立联系。

[②] 《穆哈达拉特》，同前，第一卷，第 257—260 页。

然接受。这种可能性的基础是什么？在这种情况下，怎样才能使旨在斥责和劝诫君主的言论为他所采纳呢？

尤西很清楚言论可能带来的不幸后果。一个古老的"艾达卜"主题：话语是危险的根源，尤其是对君主说的话。最好保持沉默，但矛盾的是，要想劝人们保持沉默，就必须诉诸话语！我们熟知伊本·穆格法对这一主题的阐发，以及他的两条建议（不过，他自己也并没有做到）：第一，管住嘴；第二，尽量避免亲近君主。① 虽然尤西并没有引用伊本·穆格法的话，而是引用了其他资料，但他完全赞同第二条建议。但他对第一条建议的立场则不那么明确。他并非不了解沉默和克制的美德，但他写道，保持沉默的人"有安全感，但却无济于事；如果要让苏丹或其他人觉得自己的所作所为是正确的，他才会保持沉默，

---

① 参见《卡里来和笛木乃》中有关哲人比贝尔和印度王之间的微妙关系的论述，另请参考色诺芬（Xénophon）的《希尔罗》（Hiéron）以及列奥·施特劳斯出色的研究《论暴政》（De la tyrannie），埃莱娜·科恩（Hélène Kern）译，巴黎：伽利玛出版社，1954年。

甚至……"^① 因此，沉默作为一种认可，接近于谄媚。

尤西在《大书简》中批评了那些对国王阿谀奉承并且有所隐瞒的学者。但他在《穆哈达拉特》中赞扬了仁慈（mudârât），并列举了许多学者为了维护更高的整体利益而体谅异教徒和基督徒的例子。^② 他宣称，由于性情使然，他更倾向于采取温和的行为。他驳斥严厉指责和训斥他人的"穆拉哈特"（mulâhât）^③ 的观点。表露自己的真实想法并不总是有用的或者恰当的，如果讲话的对象是君主，那就更需要掌握分寸了。

尤西与穆莱·伊斯梅尔主要是通过书信往来。要知道，书写创造了距离，因为寄信人和收信人不在同一个地方。除了空间距离以外，还有发送和接收信息之间的时间间隔。

① 《书简》，同前，第一卷，第 154 页。
② 《穆哈达拉特》，同前，第二卷，第 398—401 页。
③ 《穆哈达拉特》，第一卷，第 375 页。

这种远距离关系经常涉及一个领域："法特瓦"（fatwâ），即请教某条教法。尤西的四封信回答了穆莱·伊斯梅尔提出的问题，其中一封涉及拉腊什（Larache）的俘虏，另一封涉及阿卡基扎（'akâkiza）教派（另外两封涉及女奴的地位）。因此，学者的职责之一就是阐明教法并指导君主的行为。

君主不仅是"请教"的源头，也是话语的源头。尤西的《大书简》是给穆莱·伊斯梅尔的回信，后者在信中责备尤西，比如怪他不留在自己身边。总的来说，尤西的这本书简可以看作是一篇有关君主与学者之间的关系、政治权力与所谓话语权力之间关系的论文。在某种程度上，这两种权力相互分离并且往往处于两个不同的空间，但却经常被要求彼此靠近、连接、汇合。穆莱·伊斯梅尔和尤西就是这种情况：他们固然关系紧张、冲突不断，但单凭相互写信这一件事就能看出，他们都渴望达成共识。

苏丹的信也是围绕着话语展开的。信中有一

条命令，一个警告："如果你有话要说，那你就说，并向我逐一作答。"① 与伊本·阿比·马哈里的法基尔一样，尤西也被要求开口。苏丹预设了尤西"有话要说"，但他其实并不确定，他似乎怀疑对话者是否有能力进行对话，即有自我辩护的能力。如果尤西不能"逐一"回答苏丹，那他便会陷入理亏。他没有退路：要是有任何一点没有解释清楚，他的信誉就会受损；并且，要是他没有详细解释，他就会被判为有罪。

实际上，尤西做得比这还要好：他巧妙地回应了对他说话能力的质疑："如果我想说话，我会缺少什么吗？我说阿拉伯语，依靠的是理性（ma'qûl）归纳出来的东西和传统（manqûl）流传下来的东西。"② 这位被人质疑无话可说的柏柏尔人③ 提到自己懂阿拉伯语（arabe），这是在暗指动词"阿拉巴"（a'raba）的内涵："说话清晰，使用

---

① 《书简》，同前，第一卷，第 232 页。
② 同上。
③ 柏柏尔人是非洲北部的一个民族，由多个同说柏柏尔语的部落组成。译者注

明确而肯定的论据。"他指出了两大基础，即他所强调的理性（ma'qûl）和传统（manqûl）。脱离了这两个基础，论述就无法进行。

然而，他并非心甘情愿地开始写作。他说，有好几个原因令他把回信这件事一推再推。第一个原因就是他对苏丹的敬仰与恐惧（hayba），这让人想到了法基尔在劝谏伊本·阿比·马哈里前的感受。起初，尤西想要保持沉默，但就和法基尔一样，他还是迫于苏丹的压力开了口。他没有要求豁免，也没有明确引用能够提供安全保障的契约，而是像这样：他提醒苏丹话语的弊端，还特别说明自己之所以迟迟不给苏丹写信，是因为担心苏丹会认为自己想要批评他（murâja'a）、忤逆他（muhâjja）或者找他的茬（munâza'a）。他小心翼翼地强调，自己是在不情愿的情况下写作，只是在服从苏丹的"命令"。①

他的论述又具有何种地位呢？他认为自己的

---

① 《书简》，同前，第一卷，第 132 页。

论述无异于学者在评价和讨论过去权威言论时的论述，但这并不意味着诋毁他们。他禀着同样的精神来评价苏丹写给他的信。他驳斥的是苏丹的论述，而非苏丹。或者，正如他自己所言："论述针对的是论述，而非论述者。"① 为了更清楚地说明论述与论述者之间的区别，他表示自己实际上是在和帮苏丹撰写书信的书吏辩论。通过影射书吏，他意在表示自己不是在挑战苏丹，甚至都不是在挑战苏丹的言论。穆莱·伊斯梅尔仿佛根本没有参与辩论，仿佛完全置身事外。他的角色只是一个观众，一个权衡并评估书吏和尤西话中论据的裁判。②

这还不是全部：尤西把苏丹置于书吏身后，他同样也将自己置于古人以及过去的权威身后。说话的人的确是他，但他尽可能让自己的话只是在附和古圣先贤之言。所以，他在书信中进行了大量的引用，圣训、先知的同伴、道德典故、谚语、诗

---

① 《书简》，同前，第一卷，第 133 页。
② 同上。

歌和警世故事。不要忘了，哈伦·拉希德和苏菲安·塔维里的故事出现在了《大书简》中。借助权威论述，他所辩护的便不再是自己，而是古人。

行文至此，我们已经看到了，学者不得不写信，不是为了陈述君王要求他写的"法特瓦"（fatwâ），就是为了反驳针对他的指控为自己辩护。但无论哪种情况，他都是在回应君主。他没有开口的主动权，因此处于次要的位置。从某种意义上说，这是一个舒适的位置，因为动笔的理由已经给他准备好了。

但当学者在君主并没有要求的情况下就决定给君主写信时，尤其是当他冒昧地写下一封信，在信中严厉地斥责君主并提醒他正义的原则时，情况就不同了。尤西曾两次遇到这种情况：他给穆莱·伊斯梅尔写下了《小书简》（Petite Epître，以区别于上文提到过的《大书简》）和《鼓励国王伸张正义》（Incitation des rois à la justice）这两封书信。遗憾的是，这两封信没有注明日

期，因此既无法确定其先后顺序，也无法与写于
1685 年（伊历 1096 年）的《大书简》分出早晚。

在《鼓励国王伸张正义》中，尤西描述了
从哈里发统治到君主专制统治的转变。他直到最
后几行才提到苏丹。他指出，苏丹"热爱真理，
追求真理，绝不背弃真理"①。他的文风审慎而节
制，和蔼而亲切。

在《小书简》中，尤西从头至尾都是在对穆
莱·伊斯梅尔讲话。这封经常被引用的书简因其
大胆的语气而令世人惊叹，这是"穆拉哈特"的
语气，一种谴责的语气。这是一封训诫信，其文
风和伊本·阿巴德② 训诫马林王朝的阿布尔·法
里斯③ 时的一样。可以看出，训诫君主在阿拉伯

---

① 《书简》，第一卷，第 255 页。
② 伊木·阿巴德（ibn 'Abbād ibn al-'Abbās, 938—995），更知名
的名字是 Ṣāhib（ibn）Abbād，波斯学者和政治家，从 976 年到
995 年担任雷伊王朝统治者的大维齐尔。他对阿拉伯文化非常感
兴趣，在教条神学、历史、语法、词典编纂、学术批评方面著
述颇多，还写过诗歌和美文。编者注
③ 阿布·伊南·法里斯（Ibn'Abbâd, 1329—1358），摩洛哥马林王
朝的统治者，于 1348 年继承其父阿布尔·哈桑·阿里·伊本·奥
斯曼成为摩洛哥的苏丹，1358 年被其大臣勒死。编者注

文化中是一种被官方承认的文类，但出于这样或那样的原因，在尤西那个时代，他的这封书简比其他任何书简都更加让人印象深刻。[①] 如今，人们则是怀着钦佩和震惊来阅读这封书简。[②]

尤西知道自己勇敢无畏。但他在书简中也还是会通过注意措辞来缓和批评的力度。我们可以看到一些常用的说服手段：祷告悔罪、赞美收信人、为他祈福、保证效忠、立下誓言……但引人注意的是，尤西在信中表述得仿佛这封信是应苏丹本人的要求而生："长期以来，我看着我们的陛下寻求劝勉（maw'iza）和建议（nush），他希望打开繁荣昌盛之门。因此，我想给陛下写一封信，如果他愿意看一眼的话，我愿祝陛下获得人间与永世的一切幸福，飞升至无上的荣耀之境；如果我不配劝诫，那我希望陛下配得上接受这

---

① 卡迪里（Qâdirî），1977—1986 年，第三部，第 25—26 页。
② 参见雅克·贝尔克，《尤西》，同前，第 91—93 页。《马纳希尔》（Al-Manâhil）杂志 1979 年第 15 期的"尤西"专刊以及阿巴斯·杰拉里（Abbâs al-Jirârî）的著作，卡萨布兰卡：达尔·塔卡法出版社（Dâr ath-thaqâfa），1981 年，第 94—98 页。

些劝诫，并且免于遭罪责。"① 尤西的言下之意在于，他的训诫是为了回应受话者的殷切期望而写的。换句话说，主动权掌握在苏丹手中。

马基雅维利（Machiavel）在回答"对于君主而言，受人爱戴是否好过被人畏惧"这一问题时说道："应当两者兼有之，但由于这两者很难结合在一起，所以，如果必须二选一的话，那被人畏惧要比受人爱戴保险得多。"② 尤西则认为，明智的君主不会把他的统治建立在仁爱的考量之上，因为"人们出于恐惧或贪婪而效忠国王，这种恐惧让爱变得多余"③。他借用了一句古话："对于苏丹来说，……与其被爱戴，不如被恐惧（al-faraqu minhu khayrun min hubbih）。"④ 这让人想到了马基维利的说法。

---

① 《书简》，同前，第一卷，第237页。我引用的这一段参考了在欧仁·福米（Eugène Fumey）《摩洛哥档案》（Archives marocaines）中的翻译，1906年，第111页。
② 马基雅维利（Machiavel），《君主论》（Le Prince），载于《全集》（Œuvres complètes），巴黎：伽利玛出版社，七星文库（"Bibliothèque de la Pléiade"），1952年，第339页。
③ 《书简》，同前，第一卷，第218页。
④ 同上。

但君主似乎并不满足于只是让臣民感到恐惧，他还要赢得他们的心。尤西比任何人都清楚这一点：他在书简中既表达了对君主的敬畏（hayba），又表达了对君主的爱戴（mahabba）。因此，我们必须相信，只有将爱戴与恐惧相结合，才能拥有绝对的权力。

绿色天堂

十三世纪，瓦西提（Wâsitî）为哈里里的五十篇玛卡梅绘制了九十九幅细密画。其中有一幅描绘岛屿的细密画十分奇怪。更加令人困惑的是，这幅画显然与它所在的第三十九篇玛卡梅不相符。

在这篇玛卡梅中，两位主人公——能言善辩的流浪汉萨鲁吉的阿布·扎伊德（Abû Zayd de Sarûj）和他忠实的伙伴哈里斯·伊本·哈马姆（Hârith ibn Hammâm）——正向着阿曼①航行。

① 阿曼苏丹国，简称阿曼。位于西南亚，阿拉伯半岛东南沿海的国家。编著注

一场暴风雨迫使他们到一座小岛上避难，他们便上岸寻找食物。

这是哪座岛屿？哈里里没有给出它的名字，也没有做任何描述。这就是一座岛，仅此而已。① 然而，对于稍有了解的读者来说，它让人联想到的，是那些出现在《一千零一夜》中的岛屿，以及伊本·图斐利的"哲理小说"中哈义·本·叶格赞登上的岛屿。除此之外，哈里里的第三十九篇玛卡梅与这本哲理小说之间还有一个共同特征：难产或不被期待的出生。哈义·本·叶格赞是偷情的产物，本就不该出生。还记得他一出生，他母亲就把他安置在一个箱子里，放到一艘破旧不堪的小船上，将他托付给了海浪。这就是众所周知的主题：被遗弃的孩子却奇迹般地获救。穆萨的故事便是其中的一个典范。不要忘记，在哈里里的这篇玛卡梅中，两位

---

① 儒勒·凡尔纳则是截然相反，他只要给出一个岛屿的名字，不管是真实的还是虚构的，就会提供有关其经纬度、地质特征、动植物群的大量信息。

主人公险些溺水；他们也是从水中获救的。

在许多故事中，出生都与液体元素有关。同样意味深长的是，哈里里讲述的是一次难产，是一个最终被救下的新生儿。两位主人公在岛上四处闲逛时，他们看到了一座宫殿的铁门和几个面带愁容的仆人；不久，他们得知岛主的妻子即将临盆，却无法生下这个期盼已久的孩子。孩子面临死亡的危险（除非他不想出生）；母亲也身处险境。这时，狡滑的阿布·扎伊德掺和了进来：他声称自己掌握着助产的妙方，并准备了一个护身符，命人把它系在这个经历着生产之痛的女人的大腿上。他在护身符上写了什么？写了一首诗，他在诗里警告这个孩子，他要是来到这个世上，就会遭遇种种不幸，并且千叮万嘱让他留在原地。

可孩子并没有听从这个好建议。既然有人告诉他不要离开母亲的腹中，那他就偏要赶紧出生。然而，根据阿布·扎伊德的诗，他将来到一个还没有准备好迎接他的世界，他不属于这个世界。换句话说，他是不受欢迎的，就像哈义·本·叶格赞一样。因此，人与世界关系紧张、格格不入：双方的相遇只会带来麻烦和混乱。一种非常悲观的观点：世界对人不屑一顾。人，不请自来，在世界中就只能受苦受累。幸福就在母亲腹中，出生无异于一次痛苦的坠落。

不用说也知道，孩子的父亲欣喜若狂；他大肆奖赏了阿布·扎伊德，并把他留在了自己身边，但哈里斯·伊本·哈马姆决定继续前往阿曼。于是，两个同伴不得不分离，就像对母亲和她的孩子一样。在离开阿布·扎伊德时，哈里斯发现自己孤身一人，心生不满，便有了此等祸心："我真希望胎儿和他的母亲一同死去。"

在画家瓦西提的手中，这个故事会变成怎样呢？他为这个故事绘制了四幅插图，这似乎是这个文本才有的一项特权（因为哈里里写了五十篇玛卡梅，原则上每篇平均两幅插图）。

第一幅细密画描绘的是即将扬帆起航的

小船。①

　第二幅细密画描绘的是岛屿②（我稍后还会谈到）。

　第三幅细密画展现了阿布·扎伊德和哈里斯在总督府前的情景③：左边是三个愁容满面的仆人，右边是哈里斯和阿布·扎伊德（他提着篮子，提示人们他是在寻找食物）。但这幅细密画最引人注目的是紧闭的门窗，而哈里里在文中只提到了一扇铁门。插画师瓦西提还画了三扇窗户，但这三扇窗户在文中并未提及。为什么要加上这些？瓦西提通过数量上的增加来强调门窗的紧闭，以此突显封闭的状态，这完美地契合了难产的情形：孩子找不到出口……

　第四幅细密画④或许更为复杂：上方中间是

① 这幅插画翻印于保罗·约翰内斯·穆勒（Paul Johannes Müller）作序、选编并撰写文字介绍的《阿拉伯细密画》（*Miniatures arabes*），巴黎：赛洛出版社（Siloé），1979 年。

② 同上。

③ 同上。

④ 翻印于理查德·埃廷豪森（Richard Ettinghausen）编写的《阿拉伯绘画》（*La Peinture arabe*），巴黎：弗拉马利翁出版社（Flammarion），1977 年，第 121 页。

岛屿总督；左方是在书写护身符的阿布·扎伊德；右方是手持星盘的哈里斯；下方中间是一位身形庞大产妇，与其他人物相比，她像是个巨人：她的身型是如此魁梧，因而被视作生育形象的象征。[1]

现在来看看我们要讨论的这幅作品：它描绘了一座岛屿，一座花园岛屿。然而，瓦西提画出了哈里里并没有写的东西；瓦西提铺展了一幅风景画卷，创造了一座花园，他丰富了这篇玛卡梅，并赋予其额外的意义。他为什么这么做？他为什么要描绘文中没有的东西？有人说，或许是水手故事滋养出的想象力驱使他这么做的。[2] 但是，如果我们仔细观察他所画的内容，就会发现它与哈里里的这篇玛卡梅之间有着深层联系。先来看看这幅细密画所呈现的内容。画作的前景是一个有四条鱼的池塘；池塘边有三棵树、四只猴子和四只鸟，其中一只是鹦鹉。其中两棵树上结

① 同前，第123页。
② 同上。

满了果实，寓意着丰收和富饶，这与分娩妇女的生育力不无关系。

但这幅画中最令人惊叹的是两头混种兽，它们背对着在地上走来走去，并朝着相反的方向张望。第一个长着女人头和鸟身子的是哈尔比亚（harpie）①。第二个长着（戴着王冠的）人头和狮身的是斯芬克司（sphinx）②或奇美拉（chimère）③。

在阿拉伯文化中，哈尔比亚和奇美拉似乎并不为人所熟知，但《一千零一夜》中也不乏这些混种兽。在题为《哈西补·克里曼丁》（*Hâsib Karîm ad-Dîn*）的故事中，一个叫布鲁庚亚（Bulûqiyya）的人物来到了一个被森林覆盖的小岛上，岛上的树木"结出了奇怪的果子，看起来就像是头发吊着的人头。这些人头有的在哭，有的在笑。还有一些树上的果子是绿鸟，它们的

---

① 古埃及、希腊、西亚神话中的形象，一种人、狮、牛、鹰共同组成的人兽合体。译者注
② 古希腊神话中的一种怪物。译者注
③ 古希腊神话中的一种长着狮头、羊身、蛇尾的怪物。译者注

爪子挂在上面"。① 我们可以看到，动物和植物、人类和非人类之间通常存在着的分隔在这里被打破了。在这个故事和《巴士拉银匠哈桑》（*Hasan al-Basrî*）的故事中，鸟儿褪去羽毛，变成了美若星辰的少女②：此处并没有遵守人／鸟的分隔。

然而，哈里里的《玛卡梅集》中并没有任何神怪。那么，瓦西提想要描绘的是什么呢？至少，他的细密画展示了两个非常奇怪的生物。正如拉康所言，奇怪，就是成为天使（Etrange, être-ange）③……

有一件事是肯定的：天使并不赞成人类来到这个世界。不要忘了他们在阿丹④被创造出来时对真主说的话："我们赞你超绝，我们赞你清净，你还要在大地上设置作恶和流血者吗？"也请不

---

① 《一千零一夜》，第二卷，第336页。
② 同前，第378页。
③ 作者此处化用了拉康的一个文字游戏："奇怪"（étrange）一词在法语中可以被分解为 être 和 ange（成为天使），引用自拉康研讨班（二十）《再来一次》（*Séminaire XX : Encore*）。译者注
④ 阿丹（Adam），伊斯兰先知，《圣经》和《古兰经》中共同记载的人类始祖，《圣经》译"亚当"。译者注

要忘了真主的回答："我知道你们所不知道的。"
(《古兰经》，第2章，第30节）

再重复一遍，哈里里在文中并没有提到这些。插画中的岛屿无疑是瓦西提原创的，这是他个人的贡献。但怎能不在这座花园中看到伊甸园的影子呢？瓦西提笔下的伊甸园里没有诱惑人的蛇，至少第一眼看上去是这样，因为中间那棵不知名的树与其他树不同，它没有结果子，但它的确长成了蛇的形状。这个伊甸园最令人震惊的是，这里丝毫没有人类的踪影。这是人类被创造之前的伊甸园，它自给自足，不需要任何人类。

但这里并非完全没有人类。人类出现在背景中，在岛屿边缘。在画面左侧，我们可以看到一艘船的船头和一名水手；我们还能隐约看到锚，但它还没有被抛下。颇有意味的是，这个人背对着岛屿；他还没有踏上这片花园，但他正准备上岸并在这里安顿下来，正如哈里里的玛卡梅中的那个孩子，正准备出生，正准备来到这世上。

闯入者的典范:《哈义·本·叶格赞》

据说,阿拉伯文学诞生过一些非常有价值的叙事作品,它们横空出世,毫无征兆。尽管其前景一片大好,但却后继无人,一直被禁锢在一片辉煌的孤寂之中。[①] 不过,一部杰作,难道不终归是一个孤儿且无子女吗?[②] 最值得关注的

---

① 这与夏尔·佩拉(Charles Pellat)的观点不谋而合:"然而,在阿拉伯人中,一些天才作家创造出了值得发扬的原创体裁。一时之间,资质平平的模仿者纷纷效仿大师给出的典范。但过段时间,这种体裁便会衰落、消失,或者背离初衷,这种体裁被扭曲,像是拖着沉重的累赘。"参见《阿拉伯语言与文学》(*Langue et littérature arabes*),巴黎:阿尔芒·科林出版社(Armand Colin),1952年,第22页。

② 这种说法同样见于贾希兹的《吝人传》以及阿布·穆塔哈尔·阿兹迪(Abû-l-Mutahhar al-Azdî)的《阿布·卡西姆的故事》(Hikâyat Abî-l-Qâsim)。

例子莫过于安达卢西亚人伊本·图斐利的《哈义·本·叶格赞》，又名《觉民之子》(*Le Vivant Fils de l' Eveillé*)。

这个故事最先击中读者的就是主人公神秘的身世：我们无法确定他是否像其他人一样正常出生，因为有关他的出生，伊本·图斐利给出了两种说法。第一种说法是，他是由一团粘土经过发酵自发而生，[①] 在"印度赤道以南的一座岛屿，这个岛上的人都生来无父无母"[②]。第二种说法是，"这座岛的对面，有一个宽广辽阔、物产丰富、人口稠密的大岛。岛上的国王是个傲慢善妒的君主。这个［国王］有一个妹妹，他不让她出嫁，赶走了所有的求婚者：在他看来，世上没有一个

---

① 一种生命起源观，认为生命可以由非生命物质产生，可理解为自然发生，与有亲发生相对应。**译者注**

② 参见莱昂·高提耶 (Léon Gauthier) 编，法阿双语版《哈义·本·叶格赞》(*Hayy ibn Yaqzân*)，题为《哈义·本·叶格赞——伊本·图斐利的哲理小说》(*Hayy ben Yaqdhân, roman philosophique d'Ibn Thofaïl*)，第二版，贝鲁特：天主教印刷社，1936 年，第 20 页。译文于 1999 年由千夜出版社 (Mille et une nuits) 再版，题为《自学成才的哲学家》(*Le philosophe autodidacte*)，并附塞维琳·奥弗莱特撰写的后记《圣人泰山》(*Tarzan, l'homme sage*)。

适合她的结婚对象。然而，国王的妹妹有一个邻居（qarîb①）叫叶格赞，他按照宗教所承认的婚俗，偷偷娶了她。她怀了他的孩子，并诞下了一名男婴。她担心事情败露，秘密会被泄露出去，便给孩子喂了奶，把他放到一个仔细密封好的箱子里。夜幕降临后，她在仆人和挚友的陪伴下把孩子抱到了海边［……］把他托付给了海浪。一股潮水猛地卷走了他，当晚就把他带到了前面提到过的那座小岛的岸边"。

伊本·图斐利提到了这两种说法，但他并没有说明自己更倾向于哪一种。尽管这两种说法在在哈义的诞生问题上存在分歧，但它们都明确指出他是由一只失去了自己幼崽的母羚羊抚养长大的。因此，无论哈义有没有父母，他都不是在人类家庭中长大的。

与主人公的诞生过程一样，这部作品的起源也是一个谜。《哈义·本·叶格赞》不属于任

---

① 如果是我，我会把 qarîb 译为"亲戚"，而非"邻居"，在我看来，"邻居"与上下文不符。

何一个已知的文类，它看起来独一无二，难以归类。伊本·图斐利在序言中说，他打算讲述"哈义·本·叶格赞、亚撒（Asâl）和萨拉曼（Salâmân）的故事，他们的名字来自大师艾布·阿里［·伊本·西那］"[①]。因此，他书中的人物与阿维森纳笔下的人物有相似之处。但只要一读这两本书，这种相似性便会烟消云散：我们会意识到，相似的只是人物的名字。[②] 我们可以说，伊本·图斐利的书脱胎于阿维森纳的书，它有一个前身，一个祖先，但我们同样可以说它无父无母。伊本·图斐利与阿维森纳的关系就好比哈义与抚养他长大的羚羊的关系。哈义认为自己是这只母羚羊的儿子，但事实并非如此；伊本·图斐利声称自己的书衍生于阿维森纳的书，但这是不准确的。

---

① 艾布·阿里，西方称为"阿维森纳"（Avicenne），是中世纪伊斯兰教科学的顶峰人物。《哈义·本·叶格赞》（*Hayy ibn Yaqzân*）中的人物名取自伊本·西那的一篇著作。译者注

② 有关伊本·图斐利以及阿维森纳的《哈义·本·叶格赞》之间的关系，参见莱昂·高提耶，《伊本·图斐利，生平与作品》，巴黎，1909 年，第 67—85 页。

面对挑战，读者想要驯服这本野蛮的书，便将其与假定的同类作品联系起来。由于此书是借用叙事框架来探讨哲学问题，因而被视为某种类型的小说。莱昂·高提耶译本的标题本身就说明了这一问题:《哈义·本·叶格赞——伊本·图斐利的哲理小说》(*Hayy ibn Yaqzân: un roman philosophique d'Ibn Tufayl*)。这个副标题显然是向法国读者乃至欧洲读者提供进一步的说明:这是将未知引向已知，将此书与各种小说的变体联系起来，从而使它更好接受。这种做法相当普遍，不足为奇:有些作品离开了它的原生土壤，与其他在空间和时间上都陌生而遥远的作品建立了联系。比如，人们将麦阿里的《宽恕书》（ *L'Epître du pardon* ）与《神曲》相对照，将哈梅达尼的《玛卡梅集》与流浪汉小说相联系。仿佛这些作品蕴含着一种额外的意义，一种对文本的超越。当然，这在切身的环境之下是无法察觉的，但在陌生的环境之中，比如欧洲，却得以显现。顺便一提，小说在阿拉伯古典文学中并不多见，或者说只占次要地位，所以只有将《哈义·本·叶格赞》定义为哲理小说，才能提高其声望……

莱昂·高提耶将伊本·图斐利的作品与后世的一些作品联系在一起，这些作品虽不是他的亲生孩子，但却与他神似。莱昂·高提耶时而把伊本·图斐利说成是哲学家，时而又说成是小说家。但他总归是把伊本·图斐利的作品从孤独中解放了出来。然而，要想做到这一点，就必须将其纳入哲理小说，这是原作者及其同时代的人所不了解的一种文类。伊本·图斐利想必是把《哈义·本·叶格赞》视为一部书简，一种"里萨拉"（risâla），这一术语可以指各式各样的写作，但通常指以个人化的方式探讨某一问题的文章；①简而言之，它相当于随笔（essai）。然而，这一解释并不能让我们更加了解这本书的起源。我们面对着的，始终是一位没有家庭、没有先辈，也

---

① 参见《伊斯兰百科全书》中的"Risâla"词条，新版，第八卷，第 551 页。

没有后代的主人公。他在遇到亚撒（Asâl）之前，一直以为世上只有自己一个人。

伊本·图斐利写道，正是"为了激励和鼓舞人们动身上路"，他才采用了叙事的形式，他认为叙事是一层薄纱，既能掩饰又能揭示他的思想。[1] 伊本·图斐利在序言中宣布他打算讲述哈义、亚撒和萨拉曼的故事，随后他引用了一些经典文本，以说明叙事的功能，或者说其应当产生的效果。这些文本提到了两种类型的接受者，第一种仅限于文本的外在含义，第二种则寻求其深层含义。序言末尾处的这些引文指出了阅读《哈义·本·叶格赞》时应遵循的方法。伊本·图斐利认为，他的故事包含隐秘教义，需要仔细阅读。

---

[1] 伊本·图斐利在讲述哈义的故事时，除了使用 qissa 一词外，还使用了 naba' 和 khabar（三个用来指代讯息的术语，译者注）。有关这些术语的含义，请参阅多米尼克·马来（Dominique Mallet）的文章，《亚撒和优素福，〈哈义·本·叶格赞〉中的象征和叙述》（*A[b]sâl et Joseph, symboles et narration dans les Hayy b. Yaqzân*），载于《穆斯林东方的知识分子》（*Les Intellectuels en Orient musulman*），弗洛里亚尔·萨纳古斯坦（Floréal Sanagustin）编，法国东方考古研究所（Institut français d'archéologie orientale），第 71—75 页。

他开宗明义地指出这个故事借用的是前人的话语："先贤曾言（愿真主喜悦之！）……"这意味着伊本·图斐利只是在重复他们说过的话。这是群匿名的传述者，而令人吃惊的是，他在强调阿维森纳命名了哈义、亚撒和萨拉曼之后才提到他们。故事人物有名字，但先贤却没有。那他们的话语能有何地位呢？由于他们的身份不明，所以我们原则上只能对其抱以有限的信任：那他们传述的故事，岂不是属于那种没有可靠根据，即没有权威出处，流传甚广但来路不明的故事吗？就像《一千零一夜》那样，里面故事的开头都是"我听说……"或"据说……"

伊本·图斐利是否想到了这类故事？这点非常值得怀疑，即使他的故事与辛巴达（Sindbâd）①的故事之间有互通之处：失去父母、孤独、船、水手、木筏、被水流卷走的木箱、无人岛和有人岛、旅行和返航……然而，伊本·图斐利并不否

①《一千零一夜》中所记载的阿拔斯王朝时期的著名航海家，他自巴士拉出发，游遍了七海。**译者注**

认自己的作品与《卡里来和笛木乃》之间的某种相似性。对古人而言，每当谈起虚构故事，《卡里来和笛木乃》都是一大参照。

《卡里来和笛木乃》和《哈义·本·叶格赞》有好几处共同点。首先值得注意的是，伊本·图斐利在引用前人说过的话时，除了会用"他们提到过"和"他们说过"之外，还会用到"扎阿木"（za'amû，意为"他们告诉过"）。而"扎阿木"恰恰是《卡里来和笛木乃》中各个寓言的惯用开场！寓言家的名字并没有被提及，作品挂在权威的印度哲学家比贝尔名下。《哈义·本·叶格赞》也是如此，正如我们刚才所见，伊本·图斐利依据的是匿名传述者。此外，比贝尔以及在他之后的伊本·图斐利都设想了两种读者，一种满足于故事最明显的含义，另一种则要挖掘出其隐藏含义。最后不要忘了，比贝尔在奉印度国王德布谢林之命撰写此书之前，采取了一项举动（这一举动在《哈义·本·叶格赞》中以另一种形式重现）：他试图改造德布谢林，结束他的暴政。虽然他的弟子警告过他这样做的风险（正如亚撒对哈义所做的那样），但他并没有被劝退，[1] 而是前往皇宫，对国王直言进谏。还记得，德布谢林因这位哲学家的胆大妄为而大发雷霆，把他扔进了监狱。

比贝尔将自己的寓言故事归功于前人，尽管他没有说出这些人的名字，但却暗中表达了对他们的尊重和敬意。尽管伊本·图斐利也没有说出传述者的名字，但却明确将其称为"贤人"，并且在提到他们时，使用了："愿真主喜悦之（radiya-l-lâhu 'anhum）！"，这是一种至高无上的敬意。他们二人引用的内容绝不可能是虚假或无用的。

然而，非常奇怪的是，伊本·图斐利先是在书的开头说他引用了先贤，并在序言中强调了他要感谢法拉比（Fârâbî）、阿维森纳、加扎利（Ghazâlî）和伊本·巴哲（Ibn Bâjjâ），然后他

---

① 在《一千零一夜》中，山鲁佐德同样拒绝听从父亲不让她去山鲁亚尔宫中实施计划的劝告。

又在结论中说，他的叙述绝不是抄袭，而是"包含了许多在任何著作中都找不到，在任何流行的口头叙事中都听不到的内容"。他的书来源于书，但又不见于任何一本书；他的书依赖于古老的话语，但又不出自任何一句古老的话！这种矛盾正与主人公哈义的特点相同：一种说法是他有父亲和母亲，另一种说法是他是自生的。

伊本·图斐利在描述哈义的被遗弃，大概是在指穆萨。但在不同的文化中，把新生儿遗弃到水上、森林中或山顶上的故事不计其数。新生儿通常会被牧羊人救下，哺育他的往往是一位身份低微的妇女（有时则是一只动物喂养和照顾他）。他在一个卑微的家庭里长大，实际上却是王室之后。[1] 这种基于双重亲属的家庭故事在伊本·图

---

[1] 参见奥托·兰克（Otto Rank），《英雄诞生的神话》（*Le Mythe de la naissance du héros*），埃利奥特·克莱（Elliot Klein）译，巴黎：帕约出版社（Payot），1983 年。另请参见卡尔·荣格与卡罗利·凯伦尼（C. G. Jung et Ch. Kerényi），《神话本质导论》（Introduction à l'essence de la mythologie），巴黎：帕约小书库（Petite Bibliothèque Payot），1980 年，第 46—50 页。

斐利笔下得到了重现。哈义有两个母亲：生他的公主和把他抚养长大并对他悉心照顾的瞪羚。他也有两个父亲：他的生父叶格赞以及教给他人类的分节语和教法原则的亚撒。

他的舅舅，这个人口众多的岛屿的国王，任性妄为，不合他欲望和心意的事一概不允许，不遵守任何律法，至少在他妹妹的事情上是这样的。他反对公主出嫁的理由是，他找不到一个能与她相配的人（kuf'）；换句话说，他找不到一个能与自己匹敌的人。因此，公主不能嫁给另外一个男人。但公主认为他是一个"不公、傲慢、顽固的国王"，便"按照宗教所承认的婚俗"，偷偷嫁给了叶格赞的父亲。伊本·图斐利通过这番说明，推翻了哈义是私生子的观点；并通过指明公主和叶格赞之间的血缘关系，暗示后者属于王室。

这桩未经国王允许而缔结的婚姻并未公开。这桩婚事遵守了大家公认的习俗，但国王却不承认，便只好一直保密，这在某种程度上损害了其合法性。哈义的出生也同样需要保密，因为它介于合法与非法之间。矛盾的是，要想拯救新生儿，就不得不将其抛弃：把他遗弃到水面上是一种神意裁决①，公主只能听从真主的审判。奇怪的是，她的丈夫叶格赞并没有陪她一起去岸边，而且文中既没有任何迹象表明她把自己的决定告诉了他，也没有任何迹象表明他知道她生了一个孩子。父亲始终模糊黯淡、若隐若现，他在文中只是被一笔带过，甚至在某种意义上，他被提及，纯属意外。

因此，哈义出生在与英雄们诞生相似的艰难困苦之中。为了让他拥有与众不同的命运，他的降生必须非比寻常，他的成长必须不同凡响。当他长大成人并开始思考时，他意识到自己与其他生物不同，并认为自己是地球上唯一的人类。

"他在很长一段时间都是这样：仔细观察各种动植物，沿着岛屿的海岸线散步，想看看是否会遇

---

① 指一种依照神的旨意来判断事情的真伪正邪的审判方法，比如，把人扔到水中，淹死则为有罪，没有淹死则为无罪。**译者注**

到一个和他一样的生物，就像他所看到的每个动植物个体似的，拥有许多同类；然而，他一个也没找到。并且，他看岛屿四面环海，便觉得世上不存在其他陆地。"

在漫长的孤独中，他学会了很多东西，但还是对自己的身世一无所知。这与哈义无父无母的说法相吻合。与另一个版本不同的是，这个说法否认了性的层面。他从未考虑过找个女人成家。女人根本没有被提及，哪怕是主人公后来前往的萨拉曼的岛上也没有女人。出现在故事开头的是母亲（当然，如果我们考虑的是第二个版本情况的话），并且瞪羚可以被视为第二个母亲，但女人是完全缺席的。在某份手稿中可以读到，根据第一种说法，在哈义自发而生的那座岛上有"一棵树，它结出的果实就是女人；麦斯欧迪口中的'沃格瓦格①的女孩儿们'，说的正是她们"。但这段话显然是插叙：在剩下的故事中，这群长在

---

① 伊本·图法伊尔虚构的岛名"Waqwâq"。根据第一种说法，叶格赞生于该岛。译者注

树上的女人就再也没有被提到过了。[1]

哈义家世不明，也就没有名字，没有迹象表明他的母亲在他出生时给他取过名字。给他命名的是伊本·图斐利（参考了阿维森纳），但哈义并不知道自己叫什么，他后面遇到的人也都不知道。他对自己的父母一无所知，不像作者和读者知道他的故事，尽管他们也并不确定，因为他的出生有两种说法，并且没办法知道哪个是真实的。

无父无母，自发而生；对应着没有老师，自学成才。《哈义·本·叶格赞》的拉丁语译本出版于 1671 年，书名为《自学成才的哲学家》（*Philosophus autodidactus*）。主人公的确是孤身一人，但正如莱昂·高提耶所指出的那样，"通过观察和推理的结合，他很快便无师自通了形而

---

[1] 哈义通常认为肉体毫无价值，他努力克制自己的欲望以求精神之纯粹。

下和形而上的最高真理"①。他在遇到亚撒之前，连人类的语言都不会说，如此说来，这就更加了不起了……

然而，他还有一件事情需要了解：人类社会的生活以及哲学家在城市中的处境。② 在哈义遇到亚撒时，社会维度便开始显现。亚撒最初生活在一座与主人公相邻的小岛上，在这个小岛上，"一位古代先知带来了一种优良的宗教……这种宗教用符号来表达所有真实的存在，这些符号赋予其形象，并将其形象投射在人们的灵魂中，这是［针对］大众的话语惯例"。可以看出，话语会随接受者的变化而变化：宗教（milla）以寓言和符号为基础，是针对大众的想象的，而哲

---

① 《伊本·图斐利，生平与作品》（*Ibn Thofaïl, sa vie, ses œuvres*），第 62 页。伊本·图斐利用几页纸的篇幅，精彩描述了哈义"为消除自我意识、沉浸在对真实［存在］的纯粹直觉所做出的努力；他最终成功了：［一切］都从他的记忆和思想中消失了……只剩下唯一、真实和永恒的存在"。

② 参见希勒尔·弗拉德金（Hillel Fradkin），《伊本·图法伊尔的政治思想》（The Political Thought of Ibn Tufayl），载于《伊斯兰哲学中的政治层面》（*The Political Aspects of Islamic Philosophy*），哈佛大学出版社，1992 年，第 252—256 页。

学则以"真实的存在"为目标，针对的是学者精英的智力。

亚撒和另一个人物萨拉曼"得知了这种宗教，并热情地拥抱它"。只不过，亚撒"更多地是探究隐藏的含义，发掘神秘的内涵，他乐于去阐释寓意"。萨拉曼则更关注外在含义，他不愿去阐释寓意、自由研究以及哲学思辨。这还不是全部：亚撒偏好独处，而萨拉曼则"热衷于人际交往……这种意见分歧是他们分道扬镳的原因"。于是，亚撒搬到了哈义所在的岛，他之前听说过这个岛，但他以为那里无人居住。他的迁移实际上是一次流放，与哈义出生时的流放并无二致。陪伴亚撒的人，从萨拉曼变成了哈义；正如陪伴哈义的人，从早已死去的瞪羚变成了亚撒。

萨拉曼统治的岛屿和哈义舅舅统治的那座岛屿相似，富饶且人口众多。但格外值得注意的是，叶格赞和亚撒，以及国王和萨拉曼之间的类比。叶格赞服从于国王，就像亚撒服从于萨拉曼

一样。前两人都选择了隐匿和退避：叶格赞害怕
国王发怒，便在背地里娶了公主；亚撒希望能够
在完全平静的情况下阐释寓意，远离萨拉曼的指
责，便逃往哈义所在的岛屿。各种迹象均表明了
亚撒的软弱：面对萨拉曼时，他逃跑了；第一次
见到哈义时，他也逃跑了。

这两个人物最初相遇时彼此不信任，但最
终还是得以和谐相处，尤其是在亚撒把"他从有
人岛上带来的仅存的吃食"给了哈义之后。亚撒
又教给了哈义语言，随着两人友谊日益深厚，两
人都向对方讲述了自己的故事。"亚撒深信，自
己所信仰的所有那些教法习俗，正是赤手空拳的
哈义·本·叶格赞看到的那些象征。"而哈义也
接受了亚撒告诉自己的一切"有关教法的描述"，
并承认"这些描述……言辞恳切；自己信任这些
描述，相信它们都是真的"。

然而，有两个谜团让哈义一直疑惑不解："首
先，这些描述在向世人描述神的世界时，为什么
总是借助寓意？为什么不把真理赤裸裸地摆出

来？……其次，为什么要固守这些训令和仪规，为什么允许世人追逐钱财，在吃食上［如此］自由随意，导致人们专事于虚无，背离了真理？"于是，他决定前往萨拉曼的岛屿去改造那里的居民（我们怎能不联想到堂吉诃德的"出走"呢？）。亚撒很了解自己所在的世界，他试图劝阻哈义，但没有成功。他为什么不听劝呢？

为了解释他这个有些令人困惑的决定，我们不妨停下来思考一个细节：当亚撒问及哈义的出身时，哈义告诉他"自己不知道什么是父母，只有一只把他养大的瞪羚"。孤单时，他会把瞪羚当成是自己的母亲。我们没有任何理由相信，他对自己的血统产生过其他想法。然而，在与亚撒频繁来往后，他，毫无疑问，想必是意识到了自己不是没有理性的动物（ghayr nâtiq）的后代。所以，他想知道自己的父母是谁，并开始寻找他们，这难道不是很自然的事吗？在类似的故事中，被遗弃的孩子在一个新家庭里长大，但他迟早会和亲生父母团聚。[①] 哈义从未见过自己的父母，而且他似乎并不好奇，至少从未被这个问题困扰过。[②] 我们可以说，他还是想要独自一人，所以并不关心自己的父母是谁，但我们同样可以把他前往萨拉曼的岛屿的举动理解为一次寻根之旅。

不论如何，"他对人类充满了怜悯，并且热切地希望给他们带来救赎，于是他萌生了到他们中间去，以一种清晰明了的方式向他们阐释真理［……］然而，当他稍一脱离表象，想要接近某些与世人成见相悖的［真理］时，他们就开始远离他：他们的灵魂排斥他带来的［教义］，他们内心对他很是恼火"。请注意，他所教导的只是"穆里登"（murîdûn）——一群天赋异禀的学生。亚撒提醒过他，"这群人的才智和洞察力胜过其他人，如果他不能教化他们，就更别提教化大众了"。然而，尽管他的话在人们心中激起了

---

① 参见奥托·兰克，同前，第 96 页。
② 哈义在瞪羚死后解剖了它的尸体，以寻找生命的秘密，也就是他自己的秘密。

轩然大波，但他并没有遭到迫害。冲突一直被掩盖着，并没有引发暴力对抗。学生们"出于对陌生人的礼貌和对朋友亚撒的尊重，对哈义笑脸相迎"。换句话说，如果他不是陌生人，如果没有亚撒的庇护，那他便会有另一番境遇了……

如果他们接受了他的教导，那他很可能会一直留在他们身边。但他没有完成他给自己定下的使命，[1] 便"去找萨拉曼及其同伴，为自己先前所言深表歉意，并收回了那些话。他告诉他们，自己现在和他们观点一致，准则相同。他建议他们继续严格遵守神圣律法的规定并履行外在功课，尽量少涉足那些与己无关的事情"。然而，如果他真的认同他们的思考方式，便不会离开他们了。尽管没有被公开威胁，但想必他还是感觉到了危险正笼罩着他。但他的退缩——怎能不联想到临终前的堂吉诃德呢？——本质上是因为他坚信，自己面对的这群人没有资格获悉智慧的奥

---

[1] 从某种意义上讲，当他独自成功获得全部知识时，他便完成了一件英雄事迹。

秘，"晓之以纯粹真理，只会是徒劳无功"。并且，"他们中的大多数人都是没有理性的动物"。这意味着，哈义在萨拉曼的岛上，和在自己岛上并无二致：他是兽群之中唯一的人类。但还有一大区别：在他的岛上，他在自己岛上是群兽无可争议、所与伦比的主宰，但在萨拉曼的岛上，他却无法实施自己的统治。

　　他的离开是第二次流亡，与他出生时所经历的第一次流亡全然相似。可以看出，结尾和开头一样，都充满戏剧性且震撼人心。开头，一个不受欢迎的孩子被放到箱子里，送入海浪里；结尾，一位哲学家被当成侵入者，别无选择，只能再次出海回到自己的岛屿。在这个故事中有许多岛屿，它们彼此相邻，但又无可挽回地分离，是封闭之岛、是自给自足之岛，也是绝对分裂之岛。哈义的岛屿不适合萨拉曼，萨拉曼的岛屿也不适合哈义。正如国王禁止妹妹嫁给叶格赞，因为觉得他不配；萨拉曼拒绝哲学，因为他认为哲学不符号宗教律法。然而，哈义的岛却实现了和解，他的岛也成了亚撒的岛。

当提到伊本·图斐利（Iben Tufayl）的名字时，阿拉伯语读者或多或少会有意识地将其与"孩子"（tifl）和"闯入者、寄生虫、白食客"（tufaylî）联系在一起。[1] 哈义也是闯入者，无论是在没有被要求的情况下地降生于世；还是来萨拉曼的岛上传播一种没人愿听的教义。在这两种情况下，他都引发众怒，被处以流放。

哈义当然是以口头形式向那群学生传授经义的。多亏了亚撒，哈义学习了人类语言，但他似乎不会书写，也从未接触过书籍。他在向"穆里登"阐述真知时，也并没有提到任何著作（即便是偶然提到了一些启示之书，但没有任何迹象能够表明有人居住的岛屿的宗教是起源于某本书）。相反，伊本·图斐利则是以书面形式传授他的教义。为了避免被人怀疑自己多此一举，他采用了一种传统的手段，声称自己写《哈

---

[1] Tufayl（图斐利）、tifl（孩子）和 tufaylî（闯入者）这三个词在阿拉伯语中词根相同。译者注

义·本·叶格赞》不过是应了一位想要了解阿维森纳哲学的笔友的要求："慷慨、真诚、深情的兄弟［……］你要求我尽可能地向你揭示大师伊本·西那所传授的启蒙哲学的奥秘［……］。"

虽然他不是主动写的，但还是免不了担心：他将本该隐藏的东西公之于众。他在结尾处承认了这一点："我出版此书，违背了先贤所遵循的行为准则，他们对这一奥秘百般珍惜，吝于分享。"伊本·图斐利效仿自己笔下的主人公向亚撒的同伴们道歉，他本人也向自己的兄弟们，即哲学家们道歉："至于我，我恳求阅读此书的兄弟们接受我的歉意，原谅我在论述时的放任以及论证中的不严谨。"上文说到，伊本·图斐利以自己所引用的先贤为根据，但现在他承认自己说了他们从未说过的话。因此，先贤说了，但又没说，或者，他们说了一些，没说一些。从这个意义上讲，他们在哈义出生问题上的分歧不过是表象，其实是为了隐瞒知识，让世人无从而知。

除了先贤，伊本·图斐利还引用了在他之前

的神秘主义者和哲学家。序言中有一部分专门介绍了他们，并强调了他们欲言又止间的矛盾。神秘主义者所经历的迷醉状态"是如此美妙绝伦，以至于语言无法描述，话语也无法说明"，但"达到一定境界的人却无法保持沉默、保守秘密：一种激动、热情、亢奋和喜悦之情向他袭来，促使他以一种模棱两可且委婉隐晦的方式说出这种状态的秘密"。一般来说，伊本·图斐利有关哲学家的论述都与他们写作和表达思想的方式有关。[1] 他对哲学家们的论述主要集中在他们固有的二重性上，集中在他们独特的和盘托出与沉默不语的艺术上。因此，伊本·巴哲的文风混乱且含糊："我们发现他的大部分作品都没有结尾，总是戛然而止。"也不排除伊本·图斐利是在暗示伊本·巴哲故意让自己的作品显得杂乱无章。[2] 伊本·图斐利补充道，法拉比在不同书中谈到死后灵魂的命

---

[1] 参见多米尼克·马来（Dominique Mallet），《哈义之书》（Les livres de Hayy），载于《阿拉比卡》（Arabica），第44册，1997年。

[2] 参见列奥·施特劳斯，《迫害与写作艺术》，同前，第98—99页。

运时总是自相矛盾。而加扎利，则"因为他说话的对象是庸俗大众，便时而约束，时而宽恕，刚指责完某些观点不虔诚，而后又宣称这些观点是合法的"。至于阿维森纳的《治疗之书》(*Shifā'*)，如果人们仅限于"表象，而不探究其隐藏的深层含义"，那就无法完全理解这本书。

伊本·图斐利一丝不苟地运用了这一写作艺术。他确实揭示了本该秘而不宣的智慧，但他说，他采取了一种迂回的方式，也就是说，蒙上一层纱，以至于只有那些准备好理解它的人才能参透。归根到底，他所揭示的内容仍是他和兄弟之间的秘密："然而，这些秘密被我们写进了几页纸里，并小心翼翼地覆以一层薄纱，配得上的人能够一眼看穿，但对于那些不配更进一步的人来说，薄纱密不透光，无法穿透。"因此，他的书实际包含了两本书，一本开放之书，是给普罗大众看的，一本封闭之书，是给哲学家看的。不要忘了，伊本·图斐利面对的是求学若渴的学生，他们之间的关系是建立在信任之上的。这位笔友，这位"慷慨、真诚的兄弟",值得人们托付秘密,毫无疑问,他将不遗余力地保守这些秘密,只将其透露给那些准备好接受秘密的人。任何不具备这些品格的人不配阅读《哈义·本·叶格赞》,而且,就算再怎么读,也得不到书中的奥秘。

作者与亲近之人间的关系,类似于哈义与瞪羚以及后来他与亚撒之间的关系。伊本·图斐利的教导仅限于至交密友的小圈子。这又把我们带回到了故事开头,回到了那位走投无路的公主身上。她在夜幕降临时来到海边弃婴,陪伴她的只有"可靠的仆人和朋友",这一个小团体分享着一个共同的秘密并将永远不会泄露。

敌人的眼睛

曾有一位编辑说过，伊本·哈兹姆的《鸽子的项圈》中有一些段落实在过于大胆，他差点就将它们删去。[①] 他在担心什么？那时，先前的多个版本还没激起过任何批评的声音，也没有谁对它的内容提出质疑。出于对这一瑰宝的尊重，他最终下定决心，将作品完整地出版。尽管如此，他的迟疑不像是演说家惯用的自谦说辞，反倒真

---

① 塔赫·艾哈迈德·马基（Taher Ahmad Makki），《鸽子的项圈》序言，开罗：马阿里夫出版社（Dâr al-ma'ârif），第三版，1980年，第10页。我参阅的是加布里埃尔·马丁内-格罗（Gabriel Martinez-Gros）以《论爱情与恋人》（*De l'amour et des amants*）为题的译本，巴黎：辛巴达出版社，1992年。

让人思考起《鸽子的项圈》是否无可指摘。于是，读者们被诱导着搜寻那些言有不端的段落，并不自觉地充当起审查者或窥探者的角色。可是，如何辨别那些可能意图不轨的段落？用什么标准甄别良莠呢？

伊本·哈兹姆很清楚他的写作是何等新颖。他与那些沙漠中的住民划清界限，对他们创作的爱情故事不屑一顾："请把贝都因人①和古人的东西拿开吧。他们的风格和我们的不同。"伊本·哈兹姆笔下的爱情发生在科尔多瓦古城，街区、小巷、桥梁、房屋和商铺。他遵循传统诗体格律的同时，并与艳情诗的浮华矫饰保持距离。在一些诗歌里，坠入爱河的人个个寝食难安、形容枯槁，这让伊本·哈兹姆厌烦不已。他就此声称，他的"书写只限于公认的真理，除此之外，

---

① 贝都因人（Bedouins）是以氏族部落为基本单位在沙漠旷野过游牧生活的阿拉伯人，"贝都因"在阿语中指"居住在沙漠的人"。逐水草而居是他们大多数人的最基本的生活方式，在伊斯兰教产生前夕的这一关键时期，阿拉伯半岛中部和北部的主要居民就是过着游牧生活的都因人。编者注

别无他物"。

我们来回想一下,《鸽子的项圈》由三十个章节构成,每一章节分别阐述了爱情的某一方面:互换书信、信使、结合、忠诚、背叛、分别等等。一些笼统的思考会通过轶事、或是伊本·哈兹姆所写的诗歌加以阐明。在我看来,这本书的独特与大胆之处主要就反映在这些奇闻轶事中,至少其中一些确实如此。出于一种模糊的理由,我从中选取了一则,它是围绕告白展开的:

> 我认识一个年轻的女奴,她为一个家世显赫的男子神魂颠倒,不过他对此毫不知情。年轻女子的痛苦日渐深重,她的绝望也与日俱增,这份爱慕让她沉溺在颓丧中。还受儿时心智支配的他,却丝毫没有察觉。羞耻心让她无法迈出第一步,因为她还是童贞与奴役之身。况且她觉得他太高不可攀,不知道表白是否会得到回应,直接表达又过于

冒险。长此以往，昔日初萌的情愫已变得显而易见，一位聪明睿智的妇人知晓了她的秘密。女奴很信任她，因为她是这位妇人抚养长大的。这位知心人对她说："对他吟一首诗，来表明你的心意。"她照做了，试了好几次，他却不愿听。他本是个聪明、敏锐的人，可他完全没有起疑，也没有深究诗句的深层含义。

故事的后续出人意料，甚至可能给一些读者（哪一些呢？）带来不小的冲击。在引用之前，请留意一点：这则轶事反映出一个为伊本·哈兹姆所珍视的观念——一旦涉及情爱之事，女人之间紧密的配合关系便会显现。[1]那位年轻的女子无法独自承受秘密的重压，但她没有向倾慕的男子

---

[1] "我所认识的人里，没有比女人更能在爱情中推波助澜的了。为了保守秘密，女人们相互信任，给对方打掩护，当她们发现秘密时，也会互相隐瞒，而这是男人间所没有的。我从来没有见过一个女人泄露那些相爱的人的秘密后，却不招致他人怨恨、鄙夷与谴责的。"

祖露心迹，而是向养育了自己的妇人求助，她既是母亲，又是知己。显然，妇人深悉爱情的把戏，她不想打击这位年轻女子，于是建议她向心上人吟出诗句。伊本·哈兹姆认为，诗歌是一种委婉的告白方式，诗歌能诱惑他人或者激发爱情（不是有种古老的说法，诗歌是魔鬼的低语吗？）。可是那位男子还是对诗句与爱情的呼唤充耳不闻。文学对他无计可施，因为他无法正确地理解其中的符号——他确实"还受儿时的心智支配"。

试图通过吟诗来吸引男子注意的计划告吹，女子便采用了一种稀奇的方式："女子终于失去了耐心，她要吐露心声，她再也忍不住了。一天夜里，她和他在一块儿，没有其他人——但上天知道他的言行是否端庄正派、毫无罪愆。当她起身时，她冲上前，吻了他的双唇，然后浑身颤抖、一言不发地离开了。［……］他目瞪口呆。［……］还没等她消失在他的视线中，他就已深陷情网，随时可能堕落、毁灭。火在他的灵魂里燃烧，连呼吸也变得困难，恐惧一阵一阵地袭来，不安愈演愈烈。那一晚，他彻夜未眠。这就是他们爱情的开始，这段感情延续了很长一段时间，直到分离之手来拆散他们的结合。"

从她的行为来看，这个女孩违反了一条规则，这条规则在文中有所暗示但没有明确指出：宣示爱情的主动权属于男人，而非女人。凯鲁万的伊本·拉希克 ① 和伊本·哈兹姆同属一个时代，他在一部诗歌批评著作，《诗歌艺术的基础》（*La Base dans l'art de la poésie*）中明确表示："依照阿拉伯民族的传统，说甜言蜜语，为爱情冒险，这都是诗人份内的事。非阿拉伯民族（'Ajam）则恰恰相反，他们习于将主动权交给女人：她们是渴望爱情的一方，并由她们开口示爱。这是阿拉伯人高贵天性的明证。"

这位年轻女子的做派像一个"非阿拉伯人"，再加上她的奴隶（jâriya）身份，这便更像是事实。不过，她并不满足于吟几句诗，停留在口头

---

① 伊本·拉希克（Ibn Rashîq, 999—1064），作家、文学理论家、选集学家和诗人。编者注

表达，而是更进一步，吻了那位男子，因此便触犯了另一条惯例：初吻的主动权属于，且只属于男性。她因这双重僭越犯下罪行（这两种情况都与嘴有关）。女人篡夺了公认的男性权力是彻头彻尾的丑闻；这也打乱了分属两种性别的角色。在这个颠倒的世界中，女性比男性先行一步。这种对男性特权的侵犯想必让伊本·拉希克惊恐万分，就算他对非阿拉伯民族的女人充满不屑，也万万想不到她们会疯狂到主动献吻的地步。

就我所知，没有任何一个诗歌与叙事的传统记述过类似的事。不过，不难想到两个颇值得一提的吻：第一个吻发生在兰斯洛特的故事[①]中：格温妮薇王后吻了兰斯洛特。是王后迈出的第一步，这不假，但她是受到了骑士的朋友加勒奥托的鼓动。如此一来，男性的特权便得以保全。第二个吻则更广为人知，它是但丁在《神曲》地狱篇（*Enfer*）的第五歌中提到的。保罗与弗朗西

---

① 兰斯洛特（Lancelot）是起源于中世纪英格兰的亚瑟王传说中的人物，他是亚瑟王的部下，也是格温妮薇王后的情人。译者注

斯卡正是在读到兰斯洛和格温妮薇王后的故事时，才明确了自己的爱意。不过，是保罗主动亲吻了爱人，正如弗朗西斯卡对但丁所说的那样：

他颤抖着，亲吻了我的嘴唇。

这本书和他的著作者做了我们的加

勒奥特[①]：

直到那一天，我们才读到这本书。[②]

在伊本·哈兹姆的故事中，年轻女子的吻绝非是受到密友的怂恿，也不是得到某首诗或某本书中文学形象的启发。这是一种突如其来、不假思索、朝着未知结果的冲动，是一场奇迹般取胜的豪赌。那名男子一开始对诗歌的指引充耳不

[①] 加勒奥特（Garriott）是亚瑟王传说中的半巨人骑士，也是第一骑士兰斯洛特的密友。编者注

[②] 《神曲》（*La Divine Comédie*），亨利·朗农（Henri Longnon）译，加尼耶经典出版社（Classiques Garnier），1966 年，第 35 页。该译本第 538 页的第 50 条注释揭示了加勒奥在兰斯洛特与格温妮薇两人间充当的角色，与兰斯洛特在弗朗西斯卡与保罗间充当的角色无异。[此处翻译参考了王维克的中译本。译者注]

闻，最终却屈服于那个令他方寸大乱的吻，那个吻唤醒了他的激情，也让他认清了自己。总之，这是个狂野而激烈的故事，伊本·哈兹姆很清楚这一点，他在故事中看到了"恶魔的一个诱饵，激情的一种诱惑，除非得到全能真主的护佑，这种诱惑无人可挡"。

多亏了一份手稿的孤本，我们才得以读到《鸽子的项圈》。这也是怪事一桩：如此重要的一部著作，竟然只有一份抄本得以留存，而且这份抄本还是在伊本·哈兹姆去世三个世纪以后才完成的！然而，最让人困扰的是，抄录者声称删去了著作结尾"大部分的诗歌，为的是留下最好的那些"。对于人们懒惰的天性来说，这种随意的删减或许无伤大雅：我们通常会跳过散文（prose）作品中附带的诗句（这当然不对）。但除此之外，我们会怀疑抄录者同样删去了一些可能不合他口味或是他觉得大胆的散文段落、轶事或关于爱情的言论，不论如何，我们所读到的并不完全是伊本·哈兹姆所写的。

审查的威胁一直笼罩在《鸽子的项圈》之上。不过，就连作者自己也向自我审查屈服：他写下的内容与他本可以写的内容不同。他多次明确表示，有些东西他不愿或者不能说，他没有写下自己所知道的关于爱情的一切。拒绝和盘托出的这门学问来自哪里？女人幽闭的空间。女人们传授给他爱情的奥秘；他是被她们养大的，他生活在她们身边，一直到青少年时期："长久以来，我生活在女人堆里，目睹她们的生活，或许比任何人都了解她们的秘密。我是被她们抱在怀里、一手带大的。我只认识她们。[……]是她们教给我经典，用诗歌滋养我，教我写字。小时候，从我的智力刚开始发育起，我的精力、心神就全部用来琢磨是什么驱使她们行动、思考她们经历了什么，并将其化为己有。"

他之所以对自己在她们身上学到的东西有所保留，那是为了避免激起读者罪恶的欲望："我曾经不停地探究女人的生活，破解她们的秘密。她们知道我的谨慎，所以把她们的阴谋诡计都告诉了我。如果我不对被唤醒的可耻的欲望有所提防——我祈求真主保佑我们免受其害——而让她们的邪恶与骗术暴露无遗，那些惊人的事迹将足以使得最老谋深算的人目瞪口呆。"可见，伊本·哈兹姆接受的是女性和男性的双重教育。前者对应童年阶段，包括三项内容：经典、诗歌与爱情的奥秘。这些女性的教育主要是口头上的（尽管女人也教会他写字）。男性的教育直到青少年时期才开始，以体现男子气质的内容为基础，其中就包括伊本·哈兹姆所精通的神学。

《鸽子的项圈》汇集了众多奇闻轶事，其中不仅有男人的讲述，它们同样会出自女人之口，不过相较而言女性讲述的比重更小一些。有时，这些轶事是作者个人的回忆，是对过往恋情的记叙。事实上，他有时也会吐露心声，比如公开表明他爱上的第一个女人是一位金发女子，且他"从此往后就只爱慕黑发的女人"。人们不免猜测，会不会在一些故事中，他也把自身的经历赋予了其他的人物。谁知道呢，或许那个年轻女奴亲吻的那个男子就是他……

我再说一次，如果伊本·哈兹姆把女人们教给他的东西通通写出来，《鸽子的项圈》可能会有所不同。这是一本以那些未被言说的事物、未曾透露的女性秘密为根本的书。不仅如此，正如伊本·哈兹姆所描绘的那样，恋人也常是神秘的人物，他们个性内敛，力图掩饰自己的爱意；但四周总有监视者，窥探着那些泄露他们情感的蛛丝马迹。要当心三种反对者：监察者（'âdhil）、敌人的眼睛（raqîb）和告密者（wâshî）。爱，是隐藏，周旋，也是冲破禁忌带来的负罪感。伊本·哈兹姆描绘了一个看守和监视者无处不在的世界。敌人的眼睛时刻注视着。

值得注意的是，伊本·哈兹姆称《鸽子的项圈》出自一位朋友的提议，这位朋友请他写下了这本书（这或许是真的，但我们也有理由认为这是客套话，是一种约定俗成的、礼节性的开场白）。通过写书，伊本·哈兹姆回应了一个请求、一个愿望。换句话说，主动权并不在他。还是主动权的问题。伊本·哈兹姆答应了一个请求，就有点像故事中的男子回应了一个吻。伊本·哈兹姆让人感觉是想将写下此书的责任推到一个匿名资助人的身上，或者至少是尽量减轻自己的责任，让人知道书写并非他本意，而是碍于朋友情面，就像那位男子被迫屈从于爱欲一样。

在最后两章"罪行之丑恶"与"禁欲之圆满"中，伊本·哈兹姆一改先前放任不羁的口吻，变成了严厉的道学家。在一个与之相隔甚远的章节中，他宣称："我曾踏上哈里发的地毯，也曾出席国王的议会，我从未见过任何比在爱人面前流露出的敬畏更崇敬的东西。我见过手握敌酋生杀大权的得胜者，［……］但没有一种喜悦，比确认了爱人心意后的狂喜更猛烈；没有一种快乐，比起得知爱人对自己的喜爱与倾慕，更让人幸福洋溢。"《鸽子的项圈》以一首劝勉人们禁欲的长诗骤然收尾。我们感到不适，觉得伊本·哈兹姆已经走进了死胡同了。他书中的一个人物确确实实走进了一条小巷，"看到小巷深处有一个一动不动的女孩，面部毫无遮挡，她对他说：'喂！这是条死路，我们出不去。'"

伊本·哈兹姆害怕遭到部分读者的谴责："我知道一些狂热分子会指责我写了这样一本书。"为了自我辩护，他感到有必要声明自己没有犯过任何卑劣的罪行："我庄严起誓，面对禁忌的性关系，我从未选择解开衣服。"如非感到敌人的眼睛正死死盯着他，他说这些是什么意思呢？监察者监视着恋人们，也同样监视着作家。总而言之，爱与写作是同一件事，两者都会引起同样的戒备。

伊本·哈兹姆不仅担心读者的反应，还感到自己正被两位负责记录人类善行与恶行的天使注视着："两位天使记下了我的罪行，清算了这本书的罪孽，我的书触犯了禁忌。对此，我祈求宽宥。"要知道，不同于我们手中的残缺不全的卷本，此书在天上的抄本出自两位天使之手，完完整整，毫无删减……

穆阿台米德的达赫尔 [1]

在穆阿台米德·本·阿巴德 [2] 的许多读者眼中，他在和阿尔摩拉维人的那场败仗，以及远走亚哥马特的那次放逐中受益良多。废黜，莫大的不幸，却是他的幸运所在；他失去了一个王国，但作为补偿，他获得了永生，在人们的记忆中占据了重要的一席之地。他的厄运化为一个美丽的

---

① 原文为 Dahr，音译为"达赫尔"，意为时间，尤指无尽延伸的时间。这一意象在阿拉伯前伊斯兰时期诗歌中经常出现，被视为一种不可抗拒的量，它决定了人的际遇好坏，也具有"命运"的意涵。参见 P. 贝尔曼（P. Bearman）等编，《伊斯兰百科全书》第二版，"Dahr"词条。译者注

② 穆阿台米德（Mu'tamid ibn 'Abbâd，1040—1095），阿拉伯安达卢斯时期塞维利亚的本·阿巴德王朝最后一位君主，同时也是诗人、文学家。编者注

故事，被人们怀着同情与怜悯讲述与聆听。在人们的印象中，他是命运突发转折的牺牲品，这便使他的经历更加令人动容：他曾是安达卢西亚最显赫的君主，在权力的顶峰却突然倒台。王国被夺走后，他成了一个乞丐国王。

在此我们难免比较他和他的父亲，巩固了阿巴德王朝的穆阿台迪德（Mu'tadid）。不同的是，他的父亲是在无上的荣耀中死去的。他的军事行动屡获成功；他待在自己的皇宫里，气定神闲地坐在王位上，就取得了辉煌的胜利，伊本·海提布（Ibn al-Khatîb）仰慕地写道。他在远方运筹帷幄，可以说是不曾费心劳神，也不曾戎马倥偬，这给了他一种接近于神的权力。他也表现出了应有的慷慨仁厚，身边都是诗人，自己也不并排斥闲时写两句杂诗。不过，编年史作者们在称颂他的魄力的同时，也揭露了他的暴戾，尽管他们不敢在这个方面过多展开。他的残暴就连家人都不放过；他不是亲手杀掉了自己其中一个儿子吗？这不是一个好故事；事实上，这个故事是不可讲述的：伊本·拉巴纳（Ibn al-Labbâna）委婉地表示，还是对穆阿台迪德的一些作为保持沉默为好。但总的来说，尽管这位君主犯下了不可言说的罪行，好运依旧垂青于他。

说到穆阿台迪德，编年史作者们便会不可避免地想起他的儿子，不幸的穆阿台米德。显然，他本不想在一个凄美故事催人泪下的动人叙述中成为主角。他所渴望的，是作为一位使父亲的功业传承下去得以永续的国王名垂青史。这样一位国王必须仁厚慷慨、英勇善战，为诗人所颂扬，简单来说，就像我们在那些颂词中所看到的形象一样。穆阿台迪德是他的榜样，我们能肯定的是，在他在位的大部分时间中，穆阿台米德都是位合格的继承人。可是他没能自始至终都像他的父亲那样，并最终败光了父辈的遗产。应该说，从他父亲还在世的时候，就已经有某些迹象暗示了他无法与父亲媲美，达不到父亲的高度：在面对哈迪斯·本·哈布斯（Bâdîs ibn Habbûs）的军队时，他没能守住马拉加，因畏惧父亲的愤怒，只得逃往隆达，在那里度过了一段时光。这是一次试炼，是一次预示了日后被放逐亚哥马特的流亡；当时他创作了一些诗歌，其中就有那首写给父亲以求得宽宥、重获恩慈的长诗（Râ'iyya）。这些诗歌预示了他在很久以后，远离安达卢西亚时将要写的那些诗歌。

他是如何变成乞丐的呢？在他放逐时写的那些诗便是在试图回答这个问题。值得注意的是，与希腊悲剧主人公的经历恰恰相反，他从未在任何时刻感到自己有错。历史学家认定他多次判断失误，而且他那些摇摆不定的计策导致了托莱多失陷，人们沉痛地感觉到，这一失陷宣告了穆斯林在伊比利亚半岛统治的终结。但从穆阿台米德的诗歌来看，他并不这样看待这件事；他认为发生在自己身上的事情不怪他。他捍卫自己的王国，抵御阿尔摩拉维人，并战斗到了最后一刻，甚至在塞维利亚被包围时还差点被杀死。战败并非因为他的勇气与魄力不足。然而，结果就摆在那里：他输掉了一切。既然自身没有任何可以指责的地方，他便将这一切归结到一种超自然力量上，包括命运，也就是"达赫尔"（*dahr*）这一在他的诗歌中反复出现的概念，以及同一语义范畴中的其他概念：机会（*hazz*）、真主不容更改的旨意（*aqdâr*）、夜晚（*layâlî*）。

于是，"达赫尔"被描绘成穆阿台米德主要的敌人。它曾是穆阿台米德的同盟，甚至还曾听命于他，如今却与之反目，背叛了他：

> 当你对"达赫尔"发号施令时，它也曾俯首听命，可突然之间它便让你顺从、屈服。[1]

让穆阿台米德无法释怀的是，从前的他竟然会信任这股天性变化多端、反复无常的力量：

---

[1]《穆阿台米德·本·阿巴德诗集》（*Dîwân al-Mu'tamid ibn 'Abbâd*），哈米德·马吉德与艾哈迈德·艾哈迈德·巴达维编（Hâmid 'Abd al-Magîd et Ahmad Ahmad Badawî），开罗，第二版，1997 年。

不管是谁与"达赫尔"为伴，都必然看到它的改变。

仔细想来，"达赫尔"会发生转变与西班牙政坛上不同参与者之间的联盟关系的几经反转不无关系，昨日的盟友第二天就变为激烈的对手，朋友突然成了敌人，敌人则成了朋友。只要回想一下穆阿台米德与他的大臣伊本·阿梅尔（Ibn 'Ammâr），以及君主与君主层面上的，穆阿台米德与优素福·伊本·塔什芬（Yûsuf ibn Tâshfîn）还有阿方索六世（Alphonse VI）之间的关系就能够了。"达赫尔"的种种变化完美地反映出了西班牙以及马格里布政坛的险恶。

然而，穆阿台米德对"达赫尔"也并非完全信任：他试着让"达赫尔"对自己有利，不去惹恼它。在采取行动之前，他还会细心地借助占星家的观测来打探"达赫尔"的意图。萨拉卡（Az-Zallâqa），战役前夕，在穆阿台米德的恩准下，占星家给出了他的判断，各种测算也并没有出错。

可过后他的预测却被证明是错误的；因此塞维利
亚一被包围占星家就逃跑了，穆阿台米德还在自
己的一首诗中讽刺了他一番：

当时你信誓旦旦，结果却恰恰相反。

失去一切意味着交还一切；我们从中察觉到
一个传统的主题："达赫尔"迟早会收走它所给
予的东西：

每当它赠予一项珍贵的事物，它都
要将其夺回。

这正是它阴险、低劣、恶毒（lu'm）的表
现。一个出身高贵的人不会把他赠予的东西再
要回去。但尽管这样，如果对这一时期的政治
环境加以考察，我们必然会观察到这一主题与
君主同身边人的关系之间恰好吻合：事实上，
安达卢西亚的哪个君主，不曾在这样或那样的

时刻剥夺臣子所有的财产（他所赐予他们的一切）呢？

虽说"达赫尔"变化无常，但它也有心生恻隐、回心转意的可能；磨难中总还是有看到它改变心意的一线希望。但穆阿台米德几乎不抱有这种希望，他知道这是徒劳的。他夺不回他的王国了，"达赫尔"再也不会施恩看他一眼。不过，他还是继续观察天空、鸟儿们的飞行——它们是来世的信使。事实上，"达赫尔"还是给他留下了些微快乐；正因此他的一位妻子才会与他重聚于亚哥马特，也正因此，乌鸦才会通过啼叫来向他预示这一幸福！命运的征兆并不是确定无疑的：乌鸦，在传统里往往预示着不幸，这次却带来了好消息。于是，穆阿台米德称赞它们，心怀感激之余，还宣称再也不会管它们叫"独眼龙"（a'war）。言下之意便是，独眼为不祥之兆，而那个独眼龙（al-a'war）正是乌鸦的一种别称。或许我们还可以提一下他描写了一群鸽子（qatâ）的那首诗，那些鸽子自由地飞翔，而他却被锁链束缚、无法行动。它们恰好象征着他被剥夺的东西：高高在上、俯视众生；他羡慕它们的自由与行动自如，却声明自己对它们毫无艳羡之情——忽略暗示法[1]的一个妙用。

在过去的荣光与如今的苦难之间的对照，是他诗中的一个主要的题材与旋律。他回忆自己在塞维利亚的宫殿、昔日的辉煌，是为了给紧跟在后的长吁短叹作铺垫，他为自己的落魄光景哀怨，也为他那沦落到给自己的一位旧仆纺羊毛的女儿哀叹。他自我宽慰，自己并不是第一个被受到这种考验的人，许多国王都曾被"达赫尔"背叛（"君主失势"的主题）。他还满怀伤感地谈及无法回避的死亡，以及人类那些宏图伟业的虚空（ *vanitas vanitatum* [2]）。

不过，最令他恼怒的，似乎是他再也无法

---

[1] Prétérition，一种修辞手法，作者宣称不谈论某事，实则将其作为谈论对象。译者注
《我说所有语言，但以阿拉伯语》中，"对一话"章专门有一节讲这种修辞手法。编者注

[2] 出自《旧约·传道书》1：2，原句为 "Vanitas vanitatum omnia vanitas"，意为 "虚空的虚空，凡事都是虚空"。译者注

施惠。权力等同于慷慨施惠的能力，并以此确保他人的臣服。慷慨并非像诗人们所认定的那样，是一种精神品质，而是一种统治的手段；不再给予就意味着不再拥有权力。然而，他仍在自欺欺人，像他仍有能力慷慨布施那般行事。在丹吉尔，他赠给诗人胡苏里（Husrî）三十个金币，就这样掏空了身上余物，只为保住他仍然是国王的幻觉。然而，听闻这样的慷慨之举，镇上的其他诗人也过来，不依不饶地向他这个失去了一切的人要钱。一群乞丐对着一个乞丐乞讨：一个不失幽默的情景。在亚哥马特，他赠给诗人伊本·拉巴纳二十个金币，后者出于正直没有接受这笔钱。穆阿台米德虽然赞赏这一明理识度的行为，但也深感冒犯：他从中看到了丧失权力的景象。或许这样的解读同样适用于他众多谈及锁链（qayd）的诗歌。锁链加身，意味着无法活动，同时也意味着不能再给予。穆阿台米德的手被锁链锁住了，将其锁住的不是吝啬，而是贫困；他无法挣脱。

他失去了一切，但还剩下诗歌。他正是在诗歌上得到了救赎。一些像伊本·拉巴纳和伊本·哈姆迪斯（Ibn Hamdîs）这样的诗人前来拜访他或者为他作诗。无论是在东方还是西方，人们都怜悯他，同情他的不幸，讲述他的故事，诵读他的诗歌：

你被俘的消息传遍各地，浓重的哀伤笼罩着每一寸土地。

全世界都看着他：他成了注视与思考的对象。尽管他过着悲惨的日子，空耗时日，但他知道自己将身后留名、成为不朽，他的命运非同寻常。他既然已经永远地刻印在人们的记忆中，继续活下去又有什么意义呢？况且，他的确已经死了：他不是自满地以墓志铭的形式作了一首诗给自己做悼词吗？如此一来，他在死后还能继续说话，还将继续活下去。这便是他向"达赫尔"辛酸的复仇。

精灵之歌

对许多读者来说，沙漠是和"悬诗"（mu 'allaqât）①联系在一起的，这样一种前伊斯兰时期的颂诗，在贝都因背景之下，以描写沙漠里某个废弃的营地开篇。心爱的女子已不在那里，大概已经和族人一同离开，去给羊群寻找新的牧场了。经过风雨销蚀、沙石掩埋，营地化为零星残迹，只剩下一片荒凉忧郁的景象……

在我看来，"悬诗"中描写的沙漠没有什么

---

① "mu'allaqât"原意为悬挂的。相传贾希利叶时期，人们将赛诗会上优胜的诗作抄写下来，悬挂于神庙之上，故称"悬诗"。译者注

好害怕的。反倒是同一时代的其他诗歌提到的一些"可能会让旅人丧生"的恐怖地带（baydâ'），这些地方不宜久留。不过，尽管它们看上去吓人，却绝非无人居住：这里的居民包括野兽，和所有像侠盗诗人（sa'âlîk）①那样，与自己的部落断绝关系的人。沙漠是放逐之地，那些人因违反群体规则而为族人所不容，被判流放。他们经历了某种蜕变，沦落到动物之列。在一首著名诗歌里，侠盗诗人尚法拉（Shanfarâ）就向他的族人宣告，他要离开他们，加入一个新家庭，与狼群和鬣狗为伴。

在这些不祥之地上，还有其他生灵出没，这是些超自然的，或者说，可怕、怪异的生物。行人冒险涉足此地，便是行走在鬼怪的领土之上，内心也充斥着恐惧。常被人们拿来跟希罗多德相比的历史学家马苏第②，在《黄金草原》（Les

---

① 阿拉伯历史上一个特殊的诗人群体，他们被部族驱逐后浪迹四方、以劫掠为生，其中不乏劫富济贫的豪侠之士。**译者注**

② 马苏第（Mas'ûdî，896—956），阿拉伯历史学家、地理学家，被称为"阿拉伯的希罗多德"。**编者注**

Prairies d'or)① 中对沙漠里四处游荡的鬼怪作了汇编。他写道，在这些地方，能听到些诡异的声音，却看不见的东西——"哈瓦提夫"（hâtif）："哈瓦提夫的特性在于发出一种声音，人们能听到它的声响，却找不到发出声音的躯体。"在这里，人们还会见到"希克"（shiqq），这种怪物"一半的身体呈人形，当人们孤身一人在旅途中时，便会与它相遇"。同样的，人们还会见到"选择栖身在废墟和沙漠中"的食尸女妖（goules）。它们"在夜里以及四下无人的时段在旅人面前现身；旅人把它们认成了同伴，就跟着它们走，而女妖却把旅人带入歧途"。食尸女妖会以不同的形象出现在荒郊野外，不过，尽管有各种变形，她们似乎有一个能让人认出的形体特征："阿拉伯人声称［……］食尸女妖的双脚是驴蹄。"夜里，她们生火来吸引行人。人们为了不在这种召唤下乖乖就范，便念起这句驱魔咒语：

---

① 查理·巴尔比尔·德·梅那尔（C. Barbier de Meynard）与让·帕维（J. Pavet）译，巴黎，1861—1877 年。

噢，长着驴蹄的妖怪，你想叫就叫吧。我们既不会离开平原，也不会偏离脚下的路。

这样一来，食尸女妖便向"山谷深处与群山之巅"逃去。不过，也有人并不害怕与女妖接触，还把她们当成妻子，侠盗诗人塔阿巴塔·沙朗（Ta'abbata Sharran）就是如此：

黎明时分，食尸女妖出现在我面前，来当我的妻子：噢，我的伴侣，我对她说，你看起来真吓人！

于是我请求她的恩惠，她于是向我俯下身来，摇身一变，原先的相貌便一点儿也认不出了。

如果有人向我问起那个给我作伴的女人，我会回答他道，她住在连绵起伏的大漠深处。

食尸女妖长得既像人，又像兽。在这方面，马苏第指出，"食尸女妖大概属于一种与其他物种截然不同的类别，它的样貌丑陋可怖，不受自然法则的约束。正因为她们的外形和天性将其孤立于其他一切生物，她们才会去寻找那些最离群索居，并且只愿待在沙漠里的人"。食尸女妖逃脱了自然的共同法则，塔阿巴塔·沙朗则逃脱了群体的共同法则，人们将这二者联系起来，难道是巧合吗？

那么，马苏第是否相信这些故事呢？他的态度极为审慎，并且每次在标注出处的时候，都带着一种希罗多德式的谨慎小心，他对诗人尤其如此，对作者不明的文字也一样："阿拉伯人讲述道""据一些作者所说"……他有时还会为引述看起来稀奇古怪或难以置信的故事而道歉。别忘了他是在对城市里的居民说话，在他们看来，这些现象大概太过遥远，无论从时间还是从空间上都是如此。于是，迈斯欧迪试图理性地向他们解释，但他自己却不予置评："一些作者认为，阿拉伯人讲的这些故事都是想象的结果，身处荒原的孤独寂寞、匿于山谷的与世隔绝、穿越无垠草原与荒凉大漠的长途跋涉大大激发了这种想象。他们说，事实上，当人身处这种地方，孤立无依，他就会在阴郁的幻想中沉沦，不安与恐惧也由此滋生。在这种状态下，他的内心就很容易向迷信与恐惧敞开。如此一来，他的灵魂便会在各种阴暗念头的折磨下陷入失序，他的耳边会响起莫名其妙的声音，他的眼前会浮现出幽灵的身影，他错乱的大脑也会创造出各种令他害怕的灵异事物［……］如此一来，当有人给他讲起'哈瓦提夫'与精灵的声音时，他会十分轻易地相信这就是事实。"

马苏第清除了沙漠中的超自然居民，似乎也就祛除了它的神秘色彩。然而，还是那句话，这只有在自诩理性主义者的城里人眼中才有可能发生。尽管如此，对于马苏第来说，沙漠依然是一个有着欺骗性的外表、遍布着令人绝望的幻象、充溢着死亡气息却佯装生意盎然的地方。接下来这个片段就是明证，它有关一件出自精灵之手的雕塑作品。雕塑就在诗人哈提姆·阿塔伊[①]的墓旁：

> 墓地右侧是四个用石头雕成的年轻女子，左侧也有四个同样的雕像，她们全都披头散发，以一副哭丧的姿态伫立在墓地上：没有任何事物能与她们白皙的身体、美丽的面容相比。她们是精灵亲手雕塑而成的……通常，路过此地的人见了这几位女子，都会被她们的美丽震撼，并怀着倾慕之情折返回来，想要尽情地端详一番；可是，当他们来到了这些女子近旁，才发现她们只是雕像而已。

在一个看似拒人千里的荒僻之地，坐落着一

[①] 哈蒂姆·阿塔伊（Hâtim at-Tâ'î）是阿拉伯塔伊部落的阿拉伯酋长、沙玛尔的统治者，也是一位生活在 6 世纪末的诗人。**编者注**

位因慷慨而广为传颂的诗人的坟茔。精灵们似乎也为他的逝去而惋惜：它们的声音在夜色中响起，"语调里带着哀怨"。然而，这些幻象之灵既不能让诗人起死回生，也无法使这些纪念诗人的雕像充满活力。

吝啬鬼肖像

凡是吝啬鬼都只知道眼前，不相信
来世。[1]

巴尔扎克，《欧也妮·葛朗台》

贾希兹[2]确实"读书破万卷"，但并没有"肉体可悲"[3]。人们说，他确立了一个神学教派，教

---

① 此处翻译选用《欧也妮·葛朗台》傅雷中译文。译者注

② 贾希兹（Jâhiz，776—868/869），原名阿布·乌斯曼·伊本·巴哈尔/巴斯里（Abu 'uthman Amr ibn Bahr/al-Basri），Jâhiz 是俗称，意为金鱼眼。散文家、文学家，著有神学、动物学和政治宗教论战作品，最著名代表作为《动物之书》。编者注

③ 参见马拉美，《海风》（Mallarmé, Brise marine）。
    ［作者此处化用马拉美名句，译文参考了卞之琳译文："肉体真可悲，唉，万卷书也读累。"译者注］

派的名字"贾希兹派"（*jâhiziyya*）是从他的名字衍生而来；人们还说，他是其唯一的成员……也只能如此：贾希兹是独一无二的，他的作品在阿拉伯文学中也自成一派。夏尔·佩拉（Charles Pellat）[1] 翻译得相当出彩的《吝人传》就是一个有力的证据。

在引言中，贾希兹提到了他一部现已失传的作品，《盗贼书》（*Le Classement des ruses des voleurs*）。提到这一点也许并非无缘无故：它促使人们将《吝人传》当作对精通吝啬之道者的计谋汇编，这些贪婪之人总是暗中戒备着，对他们来说，其他人是确凿无疑或尚未显形的盗贼。在一封信中，他们中的一位让收信人要提防"盗贼、流氓、流浪汉、炼金术士、商人、手艺人、战争贩子，还有那些吃白食、趁火打劫者的诡计"。

人们心中的第一个念头是，贾希兹的这部作品是为了"反对守财奴"而写。这是普遍的想法，

---

[1] 麦松纳夫与拉罗兹出版社（Maisonneuve et Larose），1997 年。

看起来也理所应当。哪个读者不是本能地站在慷慨这一边？哪个读者不记得一些吝啬鬼自作自受的滑稽故事，一些他们被塑造成可笑之人的戏剧作品，还有那些将吝啬描绘成可鄙恶习与丑恶缺陷的讽刺作品？因此，如果贾希兹要写吝啬鬼，就只能是批评讽刺他们的故事。我们怎么能假设不是这样呢？他不是讲述了许多吝啬鬼被讥讽、嘲笑、贬损的故事吗？他不是也以披露他们的肮脏算计、悭吝卑劣为乐吗？

如果贾希兹的作品只局限在这一面，那再怎么说，它也总有些索然无味。有一点千真万确，从引言开始，贾希兹便对守财奴加以指责，说自己的书是针对他们行为的讽刺作品。他写道，他们意识不到"吝啬鬼这个名字的丑陋、这一形容所带来的耻辱，以及它给那些应得之人所造成的损害"。然而，出乎意料的是，贾希兹补充道，他们运用"贴切的论据，优美的言辞，言简意赅地为吝啬辩护"。作品一开篇就流露出了某种深层的模糊性：对守财奴能言善辩的赞美抵消了对他们的讽刺，厌恶与钦佩也在文中暗自勾连、相伴相生。

可是，引言里是谁在说话？显而易见，是作者。然而，当我们认真阅读时，便会注意到并不是只有作者一个人在说话；有许多段落都归功于读者，有时候很难区分这些声音、辨认话语的来源，就如同下面这个片段，它对吝啬鬼的评判颇为矛盾："你让我给你解释，是什么让他们心绪不宁、神智不清，又是什么蒙蔽了他们双眼，使他们精神错乱。[你请求我向你指出]他们为何抵触真理、否认事实，[给你分析]这多面的性情和矛盾的个性，是如何在极度的愚蠢之外，还有着惊人的智慧，[并向你说明]为何他们对明亮的整体视而不见，却能抓住晦暗的细节。"

读者身上有一种求知欲，因为事先知道自己有着吝啬鬼那样"多面的性情"，这种渴望便更加强烈。对此，或许他们所知道的比他们承认的还要多，或许他们给自己所知道的知识蒙上了一块遮羞的面纱。可以肯定的是，吝啬对他来说并

非什么陌生事物，也不单是他所好奇的对象。事
实上，一个疑惑困扰着他，这是一种与吝啬相
关的对自身处境的不确定感："你说你非常需要
了解这些问题，且一个心地善良的人在这方面
的学问永远都不够丰富；你接着对我说，如果我
使你的财产远离偷盗之患，还能让你的名誉免于
批评，那么，我为你所做的就比一位慈爱的父亲
与一位温柔的母亲还要多。"读者的名誉（'*ird*）
牵涉其中，只有阅读这部作品才能将其保全，就
如同阅读《盗贼书》使他们得以更好地保护财产。
换句话说，读者并非完全与吝啬隔绝，贾希兹费
心费力地写这部作品，主要就是为了帮助读者对
抗吝啬、克服吝啬。读者或许是吝啬鬼而不自
知，或者只有通过细致的研究来加深认识之后，
才充分地认识了自己："如果说，经过仔细观察
这些缺点，你把注意力放到了先前所忽略的［自
身的］某个毛病之上，你就会懂得它的后果并加
以避免；［……］然而，如果你对自己财产的担
忧比你［花钱］付出的努力更多，你就会自我隐

藏，用你绝佳的计谋把自己隔绝开来，然后像普通人那样安心度日。"如此一来，读者便与作品中的内容产生了隐秘的关联，作品引导读者进行自省，目的就是让他探查自身隐藏的"毛病"，剔除它，或者，如果做不到的话，与它和解，全然接受它。读者从这本书中读到的是一条人生法则；他们将为此感激贾希兹，是贾希兹使他们得以重新认识自我，探索自己深层的本性，并发现自己的真相。

可是，有人会说，问题出在哪里？是什么困扰着读者并引发如此这番讨论？我们逐渐明白过来，这是慷慨的诱惑，但同时又为随之而来的开销尴尬。读者是不言自明的富人，[①] 他能够花钱消费、请客吃饭（食物在作品中居于中心地位，我们将会看到，它与吝啬这个问题密不可分）。可是，他面临一个进退两难的困境：是退避还是挺身向前，是畏畏缩缩还是大方展示，是藏在暗

① 贾希兹几乎对那些身处贫困的人不感兴趣，他们是必须节衣缩食，只能在卑微处境中拮据过活的人。

处还是摆在明处。没有人强迫他对别人大方，向别人发出邀请，"通过和他们一同用餐来博得他们的好感"。如果他这么做了，那么任何吝啬的蛛丝马迹都会把他暴露在共餐者的批评之下；如果他不这么做，那他注定要躲躲藏藏、默默无闻地过日子。只要他不做出决断，他就会一直处在困惑与痛苦之中："如果你正和自己的本性之间产生了难解难分的斗争，如果你们双方的火力相当、难分上下，要想满足你的自尊心，就不要再（给指责）留下任何把柄，而要想满足你的节俭精神，就不要再假装大方；如此一来你将发现，从各种批评中解脱已是好事一桩，而偏爱平衡而非盲目轻率则是坚定的证明。"总而言之，读者需在独自用餐和与招待宾客之间做出抉择。

为了更好地理解这种困境意味着什么，让我们来看一个故事，或更确切地说，一个让贾希兹大吃一惊的场景（它所在的那个章节讲的是呼罗

珊人 [Khurâsâniens]，这些人“因吝啬而声名远播”)。贾希兹讲述道，自己曾看到过五十来个正在吃饭的呼罗珊驴夫：“五十来人中，没有任何两个人是一同用餐的，不过，他们彼此一个挨一个，还会相互交谈。真让人难以置信！”让谁难以置信？贾希兹自不必说，此外还有听他说话的读者，否则他就不会只是感叹这一句，而是会解释他震惊的原因了。怎么能够独自吃饭呢？这些赶驴人全都来自呼罗珊，他们拥有相同的职业、相同的语言、相同的行为参照，他们甚至“彼此一个挨一个”，但他们之间的分隔难以弥合，因为他们并不一起用餐。看来，在贾希兹眼中，他们还没有完全脱离动物性；他们一半是人，一半是动物，缺乏真正的集体精神；他们彼此交谈，这点不假，但要想让他们的人性臻于完善，他们还得把食物放到一起。然而，在这些赶驴人眼中，不分享饭食再正常不过，不需要任何辩白。他们对贾希兹的眼光毫不在意，不过，贾希兹也没有询问他们这种行为的原因。毕竟，这是些赶驴的人，而我们都知道过去文人对身份低微者的鄙夷。

为什么独自用餐就该被指责？为什么这是吝啬的表现（因为毫无疑问，贾希兹就是如此解读这番情景的）？是否这一个个驴夫都在担心分享食物会给自己带来损失呢？就在这个场景之前，贾希兹讲到有一些呼罗珊人凑钱买灯油，"可是他们中的一个拒绝入伙同伴的这项支出。因此，当大家把灯拿出来时，他们用头巾蒙住他的眼睛"。还有一则轶事，这回主人公是个学者，故事里提出了一条出乎意料、又叫人困惑的论据来支持独自用餐："阿布·努瓦斯（Abû Nuwâs）向我讲述道，在开往巴格达的船上，和我们同行的一个人是呼罗珊的知识分子精英中的一员。因为他独自用餐，我便问他这么做的原因。'这个问题不该问我，'他向我答道，'而该问那些聚在一起用餐的人，因为这才是不自然的。我认为，独自用餐合乎常理，可如果和其他人一起吃饭，我便背离了常理'"。阿布·努瓦斯不明白为什么这个呼罗珊知识分子一个人吃饭，而后者，站在他的角度上，不明白为什么对话者一心想着和别人一起吃饭。迎面相遇的两种惊奇，相互对峙的两种常理。呼罗珊人先是指出向他提出的问题并不恰当，然后解释说自己的行为完全符合天性，阿布·努瓦斯推崇的行为反倒是一种应受谴责的创新，是一种倒行逆施。他有什么理由抛弃天性，去遵循一项他认为没有任何道理的习规呢？需要注意的是，阿布·努瓦斯并没有发表有关教养的长篇大论来反驳这位天性的辩护人：是他被打了个措手不及，还是他相信读者有这个默契，能够发现这位呼罗珊人所触犯的隐形规则？无论如何，不管是对他还是对贾希兹来说，共同用餐意味着联系、团结、利他，标志着高度的人性。①

也许写哈里希（Hârithî）的这个章节能使

---

① 贾希兹在阿布·阿斯（Abû-l-ʿAs）的信的结尾再一次回到了这个问题："人们批评那些独自用餐的人，并且补充道：'伊本·欧麦尔（Ibn ʿUmar，610—693）从不单独吃饭；哈桑（·巴士里）（Hasan [Basrî]，641—728）也从不单独吃饭。'"

我们更好地理解读者的困境："近来有人对哈里希说：'你备下精致丰盛的菜肴，承担了巨额开支，还花大价钱雇面饼师、厨师、烤肉师的……虽然花了这么多钱，你却不找人来见识你的富裕，既不邀请敌人来叫他痛苦，也不招呼朋友来供他享乐，既不请来无知者来让他知道［你的慷慨］，也不请客人来以礼相待，或是邀请对你心怀感激的人来让他继续［感恩］。'"由于一个人用餐，哈里希丧失了在朋友和敌人跟前唾手可得的威望。请客让人得到尊敬与声誉：宾客的感激与钦佩会口口相传。一次请客吃饭便引来别人赞美，这种称赞必定是有好处的。然而，哈里希对这番大道理充耳不闻，他以宾客的失态无礼来为给自己的行为辩解。在一段长陈词中（他不请吃饭，反倒是请人听了一番演讲），他细数了人们一起吃饭时各种失礼的用餐行为，一起吃饭主要是为了展现修养，却变成了丑陋兽性的展示。这里有一个令人生厌的宾客的事例："吃饭的时候，他已经忘乎所以；他双眼瞪得巨大，整个人烂醉如泥，神志不清地喘着粗气；他脸色暗沉，嘴也干巴巴的，什么都听不见、看不见了［……］而且另一方面，每次我看到他，他都像一个渴望复仇或是妒忌报复的人一样。"有人认为，这番演讲为的是掩盖人物的吝啬；这不无道理，但别忘了此人"巨额开支"，也不逼自己省吃俭用，另外，他所说的话被贾希兹不加评论地转述，他所在的这个章节里，"吝啬"这一形容从来没有用在他身上过（尽管他还是被归为了吝啬鬼）。总而言之，哈里希做出了选择，"读者"还在犹豫不决中备受折磨时，他已经从中解脱了。

《吝人传》是一场盛宴，形形色色的人物齐聚一堂，挥霍者、贪婪者、统治者、寄生虫、贪食者，还有语文学家、神学家。这里有最五花八门的菜肴。不妨再说一遍，作品中的大部分场景，都与烹饪、饮食、家常饭菜或豪华盛宴相关。[①] 摆

① 如此看来，最后一章谈论古阿拉伯人的饮食，就不能再算作岔开话题了。

在宾客面前的美食品类丰富，贾希兹谈论的话题也多种多样。为了满足读者的胃口，他已事先安排好一切："在这本书里，你会看到三样东西：别出新意的论据、灵巧精妙的计谋、令人捧腹的趣闻。假使你厌倦了严肃，你可以随心所欲地从书中挖掘笑料，消遣自娱。"被邀请者受邀赴宴，各式菜肴悉数奉上，他绝不会感到厌倦；作品中诙谐与严肃融为一体，读者总是能够心情舒畅。

在引言中预告了作品包罗万象的一面之后，贾希兹又开始了一个长篇大论，他对眼泪又是赞美又是贬损，接下来又对笑声如此。对此，他的借口是，这部作品结合了滑稽与严肃，在这个方面，我们可以从贾希兹这部作品中列举出很多段落，从这些段落中能看出作者非常担心读者感到厌倦。多样的素材、观点的变化、离题、对读者的挑衅，还有与读者拉近距离、吸引读者、使读者参与的各种手段，有如此多来驱赶阅读的敌人——无聊的办法。[①] 不过，正如与他同时代的伊本·古泰拜（lbn Qutayba）所指出的（目的是指责他），贾希兹的显著特点还是他那"一会儿这样，一会儿那样"的脾性。对眼泪与笑声的赞美与贬抑就是一个例子。[②] 在谈论《吝人传》时想到这个特征是再合适不过的，因为《吝人传》将对吝啬的赞美与讽刺难分难解地混合在了一起。

还是在引言中，贾希兹提及了他的另外一部作品《问题之书》（*Le Livre des questions*），这本书深入探讨的许多话题中也包含了某些作者提

---

① 在多位古代作家那里，"讲述辛辣讽刺、引人发笑的趣闻轶事"是通过一个与进食有关的隐喻"依哈迈德"（ihmâd）来表达的，它的意思是喂给骆驼一些像"哈姆德"（hamd）这样又涩又咸的植物（参见卡济米斯基 [Kasimirski]，《法语－阿拉伯语词典》[*Dictionnaire français-arabe*]。此外，当贾希兹 [Jâhiz] 在《吝人传》（les *Avares*）中提到阿布·努瓦斯"在伊斯梅尔·伊本·努依拜赫特（Ismâ'îl ibn Naibakht）的餐桌上吃饭，就和那些在吃了很久的'胡拉'（Khulla）之后啃食'哈姆德'的骆驼一模一样"时，对此也有所影射。

骆驼爱吃的是盐土上生长的咸涩植物，而非"胡拉"这样的甜味植物，"依哈迈德"因此用来指那些用于调剂消遣的事物。**译者注**

② 也请参看有关令人费解的诡辩家泰马姆·伊本·贾法尔（Tammâm ibn Ja'far）的章节。

出的论据，这些论据是为了支撑一些主张，比如"摒弃嫉妒"①、"抬高谎言，使它像真诚那样高贵；贬低真诚，使它像谎言那样低贱"，以及"遗忘比忠诚的记忆要好"。这些主张与人们普遍接受的观点背道而驰。有的人不明白贾希兹为什么要提到它们，想当然地指责他偏爱离题。可是，当我们仔细阅读引言时，会注意到他引用这些悖谬之言的背景，是在宣称吝啬鬼们支持"所有人一致反对的东西"、宣扬"遭到一致谴责的缺陷"。如此一来，我们便能看到存在于《问题之书》中的这些谬论以及支撑《吝人传》的谬论之间的关联：一种对待各种事物、人际关系以及大千世界的不同寻常的眼光。

如果说序言是模糊的，并且包含两种声音（话语被平均分配给了作者和读者），作品其余部分又如何呢？人们会在里面看到一些奇闻轶事，它们通常较为简短，"出自朋友们的亲身经

---

① 特指贾希兹引言中提到的"献妻"习俗，这种风俗认为这样的"慷慨"有助于繁衍。译者注

历以及我们的亲眼所见"。人们还会在里面看到一些言论，它们篇幅较长，出自吝啬鬼之口。贾希兹直接的言论十分有限；他大部分的时间都把话语交给吝啬鬼们，把话语放到他们嘴里，正如他将话语交给读者之口那样。贾希兹没有霸占话语，没有将它据为己有，也没有像他笔下那些大吃大喝的人那样既贪婪又自私。这再度说明，这本书是一次宴会，其中的食物和话语都要平等地在不同的客人之间分享。①

贾希兹的慷慨以一种更微妙的方式体现出来。他把话语交给吝啬鬼们，实际上是把话语归到他们头上，因为假借吝啬鬼之口说出的这些言论很可能就是他自己写的。这意味着他代入了他们的角色，按照他们的方式说话，并且至少暂时地，接受了他们看待事物的方式。此外，贾希兹的某些读者怀疑他是吝啬鬼；他们说，他之所以

---

① 关于宴会文学，参见米歇尔·让纳莱（Michel Jeanneret），《菜肴与词语：文艺复兴时期的宴会与餐桌话语》（*Des mets et des mots*，*banquets et propos de table à la Renaissance*），巴黎：何塞·科尔蒂出版社（Librairie José Corti），1987年。

能把吝啬刻画得如此出色，那大概是因为他自己就小气。如此一来，我们就面临一个耐人寻味的情况：贾希兹怀疑他的读者是吝啬鬼，而他自己也遭到读者同样的怀疑。

不过，情况没有这么简单，因为我们知道，贾希兹也同样让为慷慨辩护的人发声，以及各种谴责吝啬的人。一场广泛的辩论就此掀起，两种无法调和的观点在作品中从始至终相互碰撞。一般情况下，吝啬鬼们并不率先发话；他们处于防守的位置，他们的言论是对责备或挑衅的反应。然而，当我们仔细观察作品行文时，我们会发现他们的言论比对手的更加充实、更加广博，无论这言论是口头说出（索利、阿布·穆马米勒、哈立德·伊本·叶齐德① 等人的辩驳、斥责、高谈阔论、劝告②），还是用写下的话（塞赫·伊本·哈伦、肯迪、伊本·陶艾姆几位大名鼎鼎的

---

① 这个人物实在是非同寻常：当读者读到他临终时在床上，以闻所未闻的激情慷慨陈词，怎能不联想到浮士德？
② 括号中提到的人物分别是 Thawrî、Ibn al-Mu'ammal、Khâlid ibn Yazîd。译者注

吝啬鬼写的三封信，对比慷慨的拥护者艾布·阿斯仅有的一封信 [1]）。显而易见，这就倒向了吝啬的一边，造成了不平衡。

贾希兹笔下的吝啬鬼并不吝惜言语；他们说起话来滔滔不绝，还大发慈悲传授节俭之道，教人妥善管理财产的原则。这类人实属罕有，"因为他们的行为和言论都别具一格"。其实，每个吝啬鬼都会因为某一个极为复杂的特征而显得与众不同。艾哈迈德·伊本·哈利基（Ahmad al-Khârakî）"小气又自负，这才是最气人的"。阿布·萨义德·马达依尼（Abû Sa'îd al-Madâ'inî）"不仅小气，并且过于傲慢，对别人的冒犯太过敏感"；有一天在盛怒之下，这位放贷者为了维护自己的尊严，撕毁了一张一千第纳尔 [2] 的欠条。这类反转并不少见。有时候，吝啬会在慷慨甚至浪费面前黯然失色。一个吝啬鬼会在饮酒或是欣赏音乐之后撕破他的长袍；另一个则毫不

① Sahl ibn Hârûn、Kindî、Ibn al-Thaw'am、Abu-l-'As。译者注
② 一种古阿拉伯货币名称。译者注

犹豫"每天都要摆一桌真材实料的筵席";第三个"在饮食上非常抠门,却慷慨馈赠钱财";第四个"对歌姬和男宠的热情款待没有招架之力"。如此一来,我们就面临一种矛盾的情形,吝啬鬼敞开饭桌,可骂他们吝啬的客人"很乐意被邀请,自己却不愿请客"。颠倒的世界:吝啬鬼慷慨、挥霍,倡导慷慨的人反倒贪婪、自私。在批评吝啬的人身上,吝啬却浮现了出来,在人们认为绝无慷慨的人身上,慷慨却表现了出来。

如果说,总体而言,那些争论的话语大多落在守财奴身上,那么轶事呢?它们大多由慷慨(或是自认为慷慨)的叙述者掌握,被讲给同一阵营的读者听,这些听众早已认可他们的观点。讲述和聆听关于吝啬鬼的故事确实是一种乐趣,这些故事旨在引人发笑,并含蓄地灌输慷慨的观念。

不过贾希兹的作品还包含着一些有关吝啬鬼的轶事,这一次,它们是由吝啬鬼讲给吝啬鬼的。阿布·萨义德·马达依尼"定期组织一些聚会，一些放贷者和守财奴前来探讨省钱的原则"。"麦斯吉德"（*masjidī*）"聚集在大清真寺。……在他们小范围的聚会中，对话围绕着话题［节俭］展开，他们共同讨论研究，目的是从中获取更多的经验教训，享受探讨这个话题的乐趣。"这些故事不仅能带来快乐，还能教给他们，比如说，"节省开支，增加财富"的各种方法。故事还能告诉他们有关吝啬鬼的壮举和伟大事迹，吝啬鬼们因忍受清修与禁欲、强加给自己的苦修，超越他人成为赢家，因为他们运用的一些计策和手段"不是靠冥思苦想得到的"，而是"来自上天的帮助与恩惠"！除了同时代的榜样，一些过去的典型人物也被提及，于是，吝啬便被当作一种考验、一场与诱发邪念的不忠灵魂进行的殊死搏斗。这正是肯迪所宣称的，他的一个弟子怀着崇敬与仰慕之情转述了他的话："灵魂的确会被新的与意想不到的事物吸引，新鲜事物总是美妙怡人、春风拂面且充满诱惑的；但是，只要我们战胜了天性，它便会乖乖屈服，因为灵魂是变化无常的：它既凶猛又温顺；你若施压，它便承受，但你若放任，它便骄纵。"

吝啬鬼对那些有关"精打细算"的故事有多喜爱，对那些宣扬"挥霍钱财"、对慷慨的人物歌功颂德的故事就有多提防："别来跟我说那些吃白食的人讲的故事，还有那些骗子骗人的话［……］别来跟我说这些只会在矫揉造作的诗歌、胡编乱造的故事中出现的奇幻故事。"守财奴对这类故事的不信任，只有他们对诗歌的不屑能相提并论，这还得从前伊斯兰诗歌说起，它所激励的是过度和炫耀性质的花费，也就是夸富宴。这种诗歌提出，应该受到仰慕的典范是这样的：他作战勇猛，在养活自己所在氏族的同时，还沉迷于糟蹋财产的活动，比如奢靡的祭祀、赌博、饮酒作乐的场面。① 然而，这种贾希利叶时

---

① 参见安德拉斯·哈默瑞（Andras Hamori），"前伊斯兰时期的'盖绥达'：作为主人公的诗人"，《论中世纪阿拉伯文学的艺术》（ *The Pre-Islamic Qasîda : The Poet as Hero* ），普林斯顿大学出版社，1974年，第11页。

期，或曰"蒙昧时代"的风俗，正是旮旯鬼们所大力反对的。

从某些方面来说，贾希兹的作品是为反对赠礼体系[1]、反对前伊斯兰的诗歌所传递的价值观念而写的。如此一来，夸富宴这一举动即使不算荒谬，至少也已经过时，在某个古老集体或是部落组织中，它还能勉强是合理的，然而到了像巴士拉这种大城市中心，出身与文化各异的个体汇集于此，一致的价值观念不复存在，它也就显得不合时宜了。时代变了，空间也变了：诗歌中描述的无边沙漠，让位给了《吝人传》中的城市景观、室内场景（宫殿、房屋、清真寺）以及"驮重牲口横来竖往，人群熙熙攘攘"的室外场景（街道、商店、集市、河流、船只）。种族血统当然没有被遗忘，但它已不再发挥决定性作用。在城市的、多种族的新环境下，书写的影响不断

---

[1] 当然，我参考了马塞尔·莫斯（Marcel Mauss）的《礼物》（*Essai sur le don*），社会学与人类学丛书，巴黎：法国大学出版社，卡特里奇丛书，第4版，1991年。

扩大，个体知道氏族、家世无法给他带来大的帮助，他必须首先依靠自身的长处。[①] 贾希兹笔下的吝啬鬼之所以是悲观主义者，就像他们的敌人所津津乐道的那样，"担心的事物越积越多，希望越来越少"，就是因为他们认定了别人什么都指望不上，[②] 拥有财富是他们唯一能炫耀的过人之处。

然而，虽然社会生活发生了一些改变，但夸富宴文化还是得以留存，通过谚语、俗语，但主要还是诗歌来传播。诗人是吝啬鬼的宿敌，他们"希望所有人越过挥霍的界限，从而达到疯狂的极限，全靠别人而生活"，吝啬鬼把诗人当作乞丐和吃白食的人，以此回应他们的攻击："当心他们给你施展的法术和布下的陷阱。保护好你的

---

① 参见奈马·贝纳布德拉利（Naima Benabdelali），《赠礼与反经济》（*Le Don et l'Antiéconomique*），卡萨布兰卡：埃迪夫出版社，1999 年。
② 一名反对吝啬的人甚至恶毒地控诉他们比慷慨者"更不信任上帝"："吝啬鬼以命运的反复无常为借口，认为人面对反复转折的境遇时应该有所怀疑，其实不过是隐藏了对创造这些逆转的上帝的轻蔑。"

钱财，别让觊觎你钱财的阴谋诡计得逞，别忘了
他们的巫术能使人沉睡、迷惑双眼。"此外，贾
希兹笔下的吝啬鬼并不写诗，他们是坚定不移的
散文家。如此一来，对慷慨的贬低就伴随着诗歌
的式微，对吝啬的宣扬也隐含了对散文的重视。
如果说愉悦与迷惑心灵的诗歌是谎言的近义词，
那么散文就是真理的处所。什么样的散文？推
理、辩论的散文：吝啬鬼都是辩证学家，他们钟
爱的体裁是"里萨拉"（*risâla*）——尽管这种书
简兴起于过去，但在新的背景之下，它已不再专
属于官场，[①] 并且愈发有取代诗歌之势。

宣扬理性和书写，同样也是宣扬节俭。人
们怀疑，在贾希兹的作品中有一种围绕着吝啬
之名的争论，一种有关这一名称是否恰当的分
歧。对一些人来说是吝啬的，对另一些人来说是
"节俭"（*iqtisâd*），或者说"得体"（*Islâh*）。吝
啬鬼把自己描绘成正派的人，而作为"改革者"

---

① "里萨拉"是由官场文书发展而来，后逐渐注重辞藻，被用于爱
情等不同主题的文学创作。**译者注**

（*muslihûn*），通过语音与语义的细微变化，他们便与"萨里乌"（*sâlihûn*）这个词，也就是正派、廉洁、虔诚且有道德的人十分接近了。

每年撒一次谎

在《一千零一夜》中，叙述的动因往往是某种不幸、失落或缺乏。某个角色讲述他如何瞎了一只眼，另一个角色讲述他的下半身为何被石化，再来一个则是讲述他的脸是如何变成被藏红花染过一样黄的①……在"商贾阿尤布与他的儿子贾尼姆、女儿菲特娜的故事"中，三个黑人奴隶讲述了他们是如何变成阉人的（顺便说一句，这几个阉人都承认自己喜食人肉：在嗜人肉与阉割之间会不会存在某种关联呢？）。第一个奴隶

① 原文直译为"变得像藏红花一样黄"，藏红花外观一般呈紫色，经藏红花染色的食物或织物具有特殊的橙黄色。译者注

被阉割是因为奸污了主人家还是处女的女儿，第二个是因为说了谎话，第三个则是因为跟女主人和她的儿子私通。在此，我们要讲的，是第二个，那个名叫卡弗尔（Kâfûr，意思是"樟脑"）的奴隶的故事[1]：

在非常年幼的时候，卡弗尔就已沾染上每年编一个谎话的恶习。在他八岁那年，一位商人不顾这一毛病买下了他。最开始一切都好："新年伊始，万物都显示出好兆头：这是有福的一年，万物都生机勃勃。"因此，他的主人邀请好友到他城外的庄园去；中午时分，主人派卡弗尔去家里找"某样东西"，但他没有乖乖照做，而是向女主人禀告说，一堵老墙塌了，倒在了主人和他的宾客身上。"听闻这一消息，我主人的妻子儿女全都呼天抢地，一边撕自己的衣服，一边打自己的脸。邻居们闻声赶来。女主人把所有家具都打翻了［……］我在他们身边，把那些柜

---

① 《一千零一夜》，同前，第一卷，第 187—192 页。

子，连带着里面所有的东西统统砸烂。"在这之后，卡弗尔领着全城的男女老少前往他主人所在的地方，大家都以为主人已经死在了那片瓦砾之下；卡弗尔第一个到了那里，他禀告主人说，家里大厅的墙塌了，他的妻子儿女都没了命……

当真相终于大白后，卡弗尔没有被主人的威胁吓住，他辩驳道："以真主之名［……］，你不能动我！你把我连同我的缺点一起买了下来。见证了这桩买卖的人也会控告你：他们会作证，你带我走的时候，我就是这样，你对此一清二楚，却没有计较我的缺点：我会撒谎，没错，我每年都编造一个谎话。但眼下这个谎话只编了一半；从现在起直到今年年底，我会编完另一半。这样，它就是完整的了。"

卡弗尔每年都要发作一次，这种发作不受他的控制。撒谎的念头战胜了他，他别无选择，只能把故事①从头编到尾。于是，他表现得就好像自己的讲述千真万确一样。他看起来完全没有意识到自己在说谎，他并不是在扮演角色，也没有丝毫伪装；因此我们可以说，矛盾之处在于，尽管他谎话连篇，但同时他又是真诚的。发作以后，他又恢复正常，也就是说，又变得诚实起来。

他的谎言引起了骚动和混乱；全城都炸开了锅，众人群情激愤，而他正是罪魁祸首。他爱撒谎的天性似乎反映出内心的一种复仇欲望，一种想看到主人家破人亡的欲望。但不管他深层的动

---

① 他的故事被插入另一个同样有关谎言的故事中。哈里发哈伦·拉希德的妻子祖贝达（Zubayda）嫉妒他的宠妃，便给她下了毒，并派这三个黑人阉奴活埋了她。接着，祖贝达让细木工匠制作了一个假人，还给它穿上宠妃的衣服，用裹尸布包起来，并给它举行了隆重的葬礼。哈里发得知宠妃死讯后，命人挖出她的尸体，但他不敢揭开盖在假人上的裹尸布。在马德鲁斯（Mardrus）的译本中（罗伯特·拉丰出版社 [Robert Laffont]，古籍丛书（"Bouquins"），1980 年，第一卷，第 282 页），哈里发"看到盖着裹尸布的木像显出的人形，相信那就是他的宠妃"。然而，宠妃后来被贾尼姆救了，他对她一见倾心。可当宠妃把自己的故事告诉贾尼姆之后，贾尼姆立刻意识到，如果哈里发得知真相，自己肯定会丢掉性命。在这之后，他都不敢再向宠妃示爱了，在某种意义上，他也被阉割了。如果说卡弗尔是因为说了话被阉割的，那贾尼姆就是因为听了话被阉割的。无论是讲故事还是听故事，我们都无法免于惩罚。

机是什么，他都坚持要人们承认，他从来没有掩盖过自己的缺点（他身上有一种混淆视听、强词夺理的精神）；在他看来，自己做事光明磊落，因此没有丝毫负罪感，也没有什么可后悔的。在他那里，说谎不是道德层面的问题，而是审美层面的问题，因为谎言对他来说是一种艺术品，需要一年的功夫才能"完整"（被视为"诗奴"之一的前伊斯兰诗人祖海尔·伊本·艾比·苏勒玛（Zuhayr ibn Abî Salmâ），创作一首诗也要花费一年时间）。面对想要赶走他、摆脱他的主人，卡弗尔如是回应："以真主之名，你大可以甩掉我，可我，只要今年还没到头，只要谎话还没完成，就不会放过你。"

这一幕发生在"新年伊始"，这在文中似乎与春天，还有自然的复苏不谋而合。正如同大地发出新芽，结出果实，卡弗尔也编造谎言。他丰富的想象力，恰似自然丰饶、植物繁茂。或许有人会问，这个故事中是否残留了在每年的四月初撒一次谎的习俗（罗马旧历就是从这个月开始的）。看样子，这一庆贺新年的印欧习俗与古罗马人的愚人节（即奎里努斯节①）以及狂欢节②有关。在故事里，队伍朝着被误以为埋葬了主人及其友人的地点前进，从中我们能或多或少地看到这种习俗的影子。这也许就是卡弗尔声称有权撒谎并且要求免去惩罚的原因。

然而，他的主人根本不听他分辩。主人阉割了卡弗尔，割去了他的生殖器官（尽管此时他最多只有九岁）。"我的主人说，就像你让我为自己最珍贵的东西痛彻心扉那样，我也让你尝尝同样的滋味。"的确……与另外两个听他讲述自身故事的奴隶不同，卡弗尔犯下的并非肉体之罪，而是口舌之罪。如果有哪个器官是他所珍爱的，是他难以抑制地需求着的，那一定是他的舌头。因此，主人对他的复仇是不完整的，这与卡弗尔的谎言是不完整的一样。

---

① 奎里努斯节（Quirinalia），纪念天神奎里努斯的古老宗教节日，为罗马旧历每年 2 月 17 日。又被称为"愚人节"，起源不明，可能与某种狂欢的节庆仪式有关。**译者注**

② 参见《大克瑙尔》（*Der Grosse Knaur*）百科全书，"四月"词条。

在《眼与针》(*L'Œil et l'Aiguille*) 中，我想知道，卡弗尔被阉割之后，是不是就放弃了他一年一次的谎话。我几乎已经认定，他在遭受这样的惩罚过后会改过自新，更何况他自己也说，失去了"睾丸"以后，他的精力也随之减退。然而，文中明确指出，事实绝非如此："但无论后来别人把我卖到哪里，我还是一个又一个地制造混乱，不会停止。"不过，他后来的谎言并没有得到叙述。显然，也许同样会有人疑惑，他说他撒了谎，这会不会也是骗人的，他给那两个阉人所讲的故事会不会也同样出于一年一次的撒谎癖性呢？

《一千零一夜》，一本无趣的书？

在阿拉伯古代文人眼中，《一千零一夜》一书只适合思想浅薄之人阅读。的确，我小时候就读过这本书，这没什么稀奇的，说得更直白一点，对许多读者来说，这本书就像《穿靴子的猫》（*Le Chat Botté*）、《驴皮公主》（*Peau d'Âne*）一样，和童年联系在一起。以前，我有时会声称它是我读的第一本书，但现在我不太确定了。在这种说法背后，大概是想从这部名著的声誉中获得些许好处。从《一千零一夜》开启阅读生涯，还有什么比这更有意义的呢？然而，第一本书的形象并没有那么简单，它通常来自对过去的有意重塑。不过，就让我们假设，如果这样说对我有利的话，那就姑且认定《一千零一夜》是我读的第一本书吧。

现如今，如何看待另一种说法呢？要知道，我当时是喜欢它的。真的吗？这真是个可怕的问题，时至今日谁还敢说自己不喜欢它呢？我是谁，敢对外宣称自己曾觉得《一千零一夜》普普通通？事实上，我什么都不能说，甚至不能说我读过；那时候，我手头肯定有这本书（贝鲁特版，虽然被删改，但读起来令人愉悦），但我完全不记得自己曾为哪个故事惊叹过。或许那时我还没有阅读的能力，毕竟要想阅读一个故事除了要懂这门语言，还得掌握一定的叙事规则。然而，在大概同一时期，我已经读过《安塔拉传奇》①，而且我确信我被它深深地震撼了。我只有这部史诗般的传奇故事的前两卷，我知道这本书的后续

---

① 《安塔拉传奇》(*Sîrat 'Antara*)，阿拉伯本土民间故事，在阿拉伯地区的传唱程度远超《一千零一夜》，甚至被喻为"阿拉伯的《伊利亚特》"。译者注

还很长，并曾在数月甚至数年间狂热地寻找接下来的几卷，但都徒劳无获。

然而，三十多年后，我重读（或许我该说阅读）了《一千零一夜》，但奇怪的是，我并没有重读《安塔拉传奇》（并且可能永远也不会这么做）。为何给予《一千零一夜》这样的特权？是什么促使我时常重新翻看它呢？我几乎可以脱口而出：绝对不是怀旧情结。是另外一个我当时并没有真正意识到的原因在起作用。阅读，以及重读一部作品并不总是个人决定的结果；在做出选择时，往往有这样或那样的原因。如果在此期间我没有读过《查第格》（ *Zadig ou la Destinée* ）、《宿命论者雅克和他的主人》（ *Jacques le fataliste et son maître* ）、《沙发》（ *Le Sopha, conte moral* ），① 以及《追忆似水年华》（ *À la recherche du temps*

① 这三部作品均为 18 世纪法国作品，作者分别为伏尔泰、狄德罗、小克莱比翁（Crébillon Fils），与启蒙时期的许多作品一样，在叙事框架、题材风格等方面受到《一千零一夜》影响。作者在另一篇文章《〈夜〉与〈宿命论者〉》（ *Les Nuits* et le *Fataliste* ）中详细探讨了《宿命论者雅克和他的主人》对《一千零一夜》的借鉴。**译者注**

perdu)（普鲁斯特经常提到它，事实上，它是他写作的两个范本之一，另一个是圣西门），我还会重新与《一千零一夜》产生连结吗？这还不是全部：在六十年代，对叙事的结构分析突然兴起，《一千零一夜》备受瞩目。如此一来，我便感到不得不回到《一千零一夜》中去了……

然而，我总感觉自己的写作是轻浮的，这种感受无法摆脱；如果当初我选中的是另一部作品，比如塔乌希迪或者穆太奈比的书，那我一定不会有这样的感受。如果是这样，我就是从一种实实在在的经验、一代代积攒下的智慧出发的；而在《一千零一夜》中，阿拉伯传统是沉默的，或者说，近乎沉默。我对《一千零一夜》感兴趣，就是将自己置于发端于加朗的欧洲传统之中；换句话说，我将自己置于阿拉伯文学之外。另外，《一千零一夜》属于这一文学吗？在我看来，《一千零一夜》似乎可有可无，事实上，阿拉伯文学完全把《一千零一夜》排除在外。即使这部作品从未存在，阿拉伯文学也将没有多大差别，而如果没有"悬诗"，这些著名的"悬挂体"颂诗，或是没有"玛卡梅"的话，阿拉伯文学的风景便会截然不同。在那些比较新近的有关阿拉伯文学史的著作中，《一千零一夜》不属于任何广为接受的类目；比如说，它没有被列入年表、大事记中（尽管我们知道它最初的几个版本之一与哈梅达尼与塔努希［Tanûkhî］属于同一时期）；也不和《卡里来和笛木乃》或是《宽恕书简》一道，出现在专论散文的章节中。通常只有到了全文最后，为保万无一失，它才会在《达特·希玛传奇》（*Roman de Dhât al-Himma*）、《萨义夫·伊本·迪·雅赞传奇》（*Roman de Sayf ibn Dhî Yazan*），以及那些难以定性的作品一旁被提及。

《一千零一夜》算不上正典（canon），这点不言而喻。正典的确立（对我来说）还是个谜；我无法说清，诗歌或散文是如何在经历了一个相对漫长的过程后为人所接受，并且成了绕不过去的参照。在我看来，这些作品似乎适用经典

（classiques）这一名称，我在阿拉伯语中找不到与之对应的词，但它的好处在于将注意力引向"经典"（classe）。我并不用这一名称来指代某个时期产出的作品；任何为文人阶层（classe）所接纳、跻身文学典范的级别（classe）、且供课堂（classe）教学之用的文本都是经典。

要获得这种地位，就需要具备某些特质。首先，作品的地位与作者相关；在阿拉伯文化中，没有作者的文本被认为有违常理，实际上佚名的文本也并不多。有些著作写的是文学家，这些传记作品会尽可能地收集与他们相关的信息：出生日期以及（特别是）死亡日期、写作生涯的细节、树立其形象的轶事、作品节选、同时代的人对他们的评判及对他们可能引起的争议的考虑。需要注意的是，一个文本，如果人们只知其作者姓名而不知其他，那无论其品质如何都会因此而受到影响；艾布·穆太哈尔·阿兹迪（Abû-l-Mutahhar al-Azdî）的《阿布·卡西姆的故事》（*Hikâyat Abî-l-Qâsim*）就是如此（如果这部作品，像一些人所猜想的那样，如果它是塔乌希迪所著，那它的命运将会好很多）。

对作者的强调还需要和另一个特征联系起来：经典文本必然与书写捆绑，哪怕在一开始它只是碰巧以口头形式流传开来。也就是说，它必须以一种固定的形态呈现，尽管这种理想状态并不总能达到。正因如此，哈梅达尼的玛卡梅手稿存在好几个版本，这或许是作者英年早逝，没来得及完成自己的作品并确定最终版本。哈里里的玛卡梅则不同，说到这里，我们不妨来看一则意味深长的轶事：有一位读者建议他改进一处短语表达，哈里里虽然认识到他的意见是中肯的，却表明自己无法采纳，因为他早已查验过自己玛卡梅的七百个复本以确保一致，并已将它们授权发行（这一做法通称为"伊贾兹"①）。

经典文本还具有庄严典雅的文体特点，粗俗表达和方言俚语只有在转述轶事或模仿滑稽话

---

① Ijâza, 意为许可、授权。译者注

语时才被容许，倘若此时我们严格遵守词汇与句法的规则，它们的效果就可能会被削弱。对高雅文体的违背是出于"适合"（或者"契合性"）的考量，在这种情况下，就势必要给出规范得体的说明：这正是我们在贾希兹、伊本·古泰拜、艾布·穆太哈尔·阿兹迪（在最后这位作家的作品中，俗语的占比非常之大）的作品中所看到的。

经典文本使用的语言与口头语言相去甚远，它是晦涩的，无法立刻理解的，因此它才需要注解。它只有在被解释、被翻译成另外一种话语的时候才完全显现。既然它是供教学之用，有时作者自己就会承担起注解的任务；麦阿里、哈里里还有宰迈赫舍里就是这么做的。

尽管离不开评注，经典文本却并不适合被翻译；也就是说，一个外语版本是在它的视野以外的。贾希兹在《动物书》中断定诗歌抵触迁移：到了另一个语言中，它丧失了其主要元素"纳兹姆"（*nazm*），即编排，看起来便不过是一串平平无奇的文字。诗歌只有在原文中才能与自己保持一致；因此，它不能够被翻译，它不应该被翻译，至少原则上是这样的。贾希兹并没有明确表述出这种禁止，但这能从他的言语中合理推断出来。或许我们还能更进一步说，许多散文文本（《宽恕书简》、哈里里的《玛卡梅集》……）被翻译之后也变得索然无味、毫不起眼了。有人会反驳说，一切取决于翻译者的资质。但问题并不出在这儿；我想要强调的，与经典作家对待自己作品翻译的态度有关：简单来说，他们对翻译不屑一顾（尽管这是今天阿拉伯作家的最关心的问题）。① 如果有人在穆太奈比面前提起他诗歌的拉丁语、希伯来语、波斯语翻译，他想必会愤怒不已。

我们已经明白，《一千零一夜》不满足我方才列举的任何一个特征。它没有作者，有不同版本，采用通俗文体（尽管它并不全然排斥押韵的

---

① 关于这一点，参见我的书《你将不会说我的语言》(*Tu ne parleras pas ma langue*)，弗朗西斯·古昂（Francis Gouin）法译，辛巴达—南方文献出版社，2008 年。

散文），但它没有注解，也不用于教学。然而，正是过去让它不幸的事物成就了它今天的幸运；它是被翻译得最多的阿拉伯书籍。[①] 或许有人会说，它需要翻译，并且它自身就有很大一部分是从印度和波斯作品中改编的。它是浅显的，当它被翻译成另一种语言时，它几乎不会失去它的份量。

由于《一千零一夜》脱离了文学正统，它总体看上去就是一本休闲、纯娱乐的书。需要注意的是，一个文人不会把所有时间都拿来研究严肃的书籍；再者，他应当广泛涉猎不同类型的作品（这一习惯被称为"依哈迈德"），片刻沉浸在轻浮浅薄、欢笑以及闲散的愉悦中以恢复精力。但《一千零一夜》无论如何都不会是他们的选项：那些文人对《一千零一夜》心怀不满，对它几乎只字不提。伊本·纳迪姆（Ibn al-Nadîm）是少数几个提到过它的人之一。他读过《一千零一夜》

---

① 首先是被翻译成经典阿拉伯语。我们知道在布拉克版本中，阿卜杜·拉赫曼·谢尔卡维（'Abd al-Rahmân al-Sharqâwi）曾想到过一个荒唐的点子——用雅语来改写《一千零一夜》，以此来优化其文体风格。

（我们并不知道是何种版本，但确定的是，当时摆在他眼前的书并不完全是现在呈现给我们的这本）。伊本·纳迪姆是这么评价这本书的："我好几次有机会看到这本书的完整版：事实上，这本书相当乏味，它的讲述非常冷淡。"[①] 换句话说，这是本无趣的书。

我们应该指责他是个糟糕的读者，并为他的态度而愤慨吗？然而，贬低《一千零一夜》的人并不只他一个，无疑他反映出了他那个时代文人的普遍观点，这种观点后来也并没有改变；如此说来，这或许是一种对《一千零一夜》的闪光点及丰富性的集体性盲视。可是，现在，我们怎么能违背这么多世纪的评判呢？即使我们不认同它，也无法大手一挥便将它抛开。更糟糕的是，这种评判还阴魂不散；一种可怕的怀疑出现了。

---

① 伊本·纳迪姆的简介被安德烈·米克尔翻译并引用，见贾梅尔·艾迪·本舍伊（Jamel Eddine Bencheikh）、克洛德·布雷蒙（Claude Bremond）、安德烈·米克尔（André Miquel）所著《一千零一夜的故事》（Mille et Un Contes de la nuit）中《历史与社会》（Histoire et société）一文，巴黎：伽利玛出版社，1991年，第13—15页。

《一千零一夜》是一本无趣的书吗？会不会我们才是盲视的受害者，是这种泛滥成灾的盲视导致我们高估了《一千零一夜》？此外，为什么我们总觉得必须捍卫和宣扬《一千零一夜》？为什么我们表现得就好像自己有责任纠正上千年来的不公正？古人对《一千零一夜》不屑一顾，这是因为它不符合古典趣味。至于"我们"，我们要以什么名义欣赏它呢？接受上的改变又是从哪一刻起发生的呢？

这在阿拉伯世界是最近才发生的。阿拉伯文艺复兴运动（Nahda）初期，也就是那些十九世纪下半叶以及二十世纪初的作家，并没有和古典观念彻底决裂。据我所知，他们中没有一个自称是仰仗《一千零一夜》之名的。然而，毋庸置疑的是，他们以玛卡梅自居[1]（希德雅格［Shidyâq］的《法里雅格谈天录》[*La Jambe sur la jambe*]以及穆维利希（Muwaylihî）的《伊萨·伊本·希

---

[1] 一些阿拉伯现代文学先驱会假借玛卡梅古体，行现代小说之实。译者注

沙姆叙事录》[*Le Discours de 'Isâ ibn Hishâm*]都是如此）。玛卡梅姑且还算是构成了一种必要的过渡，因为它促成了阿拉伯小说的诞生，可山鲁佐德讲的这些故事，连任何一种文学复兴的源头都不是。

可以说，自那时起，阿拉伯人大大弥补了这种忽视。人们对《一千零一夜》的兴趣与日俱增，其版本数量大大增加，其研究亦然。而与此同时，人们对玛卡梅的兴趣就算没有彻底消失，也有所削弱；建立在展示修辞学基础之上的玛卡梅写作，最终在人们眼中成了一笔贫瘠而繁琐的遗产（这些玛卡梅之所以能够奇迹般地幸存下来，要归功于瓦西提创作于十三世纪，并翻印在多部阿拉伯文学作品封面上的细密画）。我们因此见证了情形的逆转：玛卡梅变得越来越难以阅读，而《一千零一夜》却越来越多地被翻阅。多亏了欧洲人，阿拉伯人终于在某天突然发现，他们一直拥有一样珍宝，却对它的价值浑然不知。

然而在我看来，伊本·纳迪姆的评判并没

有就此消失。否则，为什么《一千零一夜》评注本要等到 1984 年才出版？对《一千零一夜》的发掘利用姗姗来迟，在观察者看来，它对阿拉伯文学的影响十分有限。一些诗人提到它，一些散文家，塔哈·侯赛因（Taha Husayn）、陶菲格·哈基姆（Tawfiq al-Hakim）、纳吉布·马哈福兹（Naguib Mahfouz）从中发现了暴君的形象。① 但是，在这些作者的作品中，我们很难看到在普鲁斯特或博尔赫斯的作品中那种与《一千零一夜》的亲切感与熟悉感。不得不说，这本书在欧洲的影响比在阿拉伯世界大得多。不过，它是（或者说，应该是）阿拉伯人的一大骄傲。在过去，有人拿阿拉伯文化与其他民族的文化对比，从中得出结论，诗歌是阿拉伯人最大的荣耀。如今，发现欧洲人从阿拉伯人那里得到了什么的无聊游戏还在继续，但或许人们会更倾向于

---

① 关于当今阿拉伯世界对《一千零一夜》的接受，参见菲里亚尔·J·加佐尔（Ferial J. Ghazoul），《夜晚的诗学》（*Nocturnal Poetics*），美国大学开罗出版社（The American University in Cairo Press），1996 年，第 12 章，第 134—149 页。

认为，阿拉伯人最大的功劳是写出了《一千零一
夜》。没有这本书，他们还会以同样的方式看待
自身吗？别人还会以同样的方式看待他们吗？

新的但丁

在他的文学系谱中，胡安·戈伊蒂索洛（Juan Goytisolo）给予了阿拉伯文化重要的地位。他一些作品的标题已经显示出这一点:《公墓》①、《撒拉逊纪事》（*Chroniques sarrasines*）、《被撕碎的王国》（*Les Royaumes déchirés*），还有在此我将着重关注的《巴尔扎赫》（*Barzakh*）②。

西班牙语版本的《巴尔扎赫》以《四十》（*La Cuarentena*）为书名出版。在小说中，数字

---

① *Makbara*，书名原意为坟墓，尤指穆斯林公墓。译者注

② 赛琳娜·辛斯（Céline Zins）译自西班牙语，伽利玛出版社，1994年。["Barzakh"字面意思为屏障、障碍、分离，有时也译为中间领域。译者注]

四十确实发挥了重要的作用：一位女性友人的亡故让充当叙述者的人物沉浸在哀悼之中，哀悼照例要持续四十天；降临在巴格达之上的"空袭地狱"（1991 年海湾战争期间）的持续时间。除此之外，叙述者正在撰写一部同名小说，正是包含四十个章节。由于需要与个人私事以及世界事件拉开一定距离，他脑海中不由得浮现出了隔离防线的画面，"文学创作的过程不也是一种隔离①吗？"他自问道，随后又加以补充，读者一旦沉浸到一部作品中去，"便也在隔离之中，在他的小天地里，与世隔绝"。

法语译本选用的标题也同样巧妙：巴尔扎赫，在伊斯兰传统中，是一个人从死亡到复活那天所经历的时间。戈伊蒂索洛小说中的行为发生在两个有时难以区分的层面上。叙述者在巴黎、马拉喀什、开罗这样的现实地点中游走；他乘坐飞机、驱车旅行、洗土耳其浴、与妻子深情对话、收看

---

① 法语与西班牙语中的"隔离"一词也有"四十"的内涵。译者注

电视新闻。但在经历生活的同时，他还会在梦中生活。在他进行活动的具体有形的世界以外，另一个缥缈的世界巴尔扎赫也在展开，伊本·阿拉比（Ibn 'Arabî）这样描述它：当灵魂飞向中间世界，也就是巴尔扎赫时，它们仍然拥有自己的形体，只不过这形体非常微弱，就像我们所看到的梦中的自己。

叙述者在两个世界之间来去自如。在冥界，他的朋友，一个新的比阿特丽斯，成了他的向导（她总是伸手寻找她之前习惯抽的蓝色高卢人香烟，虽说是个无用的动作，却很触动人心）。接二连三的梦境，幻象，幻觉。在那里，他也将自己视作死者，与游荡的灵魂为伴："从我准备动笔写这本书的那一刻起，我就死了。"

这些画面从何而来？从书中来。叙述者是一位受阅读影响的读者，他的经历变成了自己阅读内容的写照，以至于他已经不再属于这个世界了。堂吉诃德的经历在他身上重演，不同之处在于这次与骑士小说无关，而与神秘主义文本，或是关于来世生活的文本有关，例如莫里诺斯（Molinos）的《神修指导》（*Guide spirituelle*）、《神曲》、伊本·阿拉比的著作、比斯塔米（Bistâmî）的箴言，还有希罗尼穆斯·博斯（Jérôme Bosch）的绘画，以及古斯塔夫·多雷（Gustave Doré）的版画。

或许还有卡夫卡，这位相信末世论的专家：叙述者被那基尔（Nakir）和蒙卡尔（Munkar）传讯（这两位天使是"清算专家"、"调查者"、"审察者"），将出席最终的审判；他出现在一个行政厅内，门开了又关，有人让他就在那里等着，可人人都对他不理不睬，而且最终他也没有被传唤的人接待。还有一次，电话响了，有人告诉他，那基尔和蒙卡尔找他，但电话那头一个人都没有："他该怎么做？挂断电话？还是冒着得罪对方的风险，侵犯审察者的尊严与地位？他们只是在考验他，为的是检验他的耐心，以及对他们的权威应有的尊敬，不是吗？"

在这部小说中，戈伊蒂索洛深化了阿辛·帕拉修斯（Asin Palacios）的观点。作为杰出的博学家，阿辛·帕拉修斯在《〈神曲〉中的穆斯林末世论》（*La Escatología musulmana en la Divina Comedia*）中一一细数了但丁从阿拉伯文化当中的获益，尤其是《登霄记》（*Livre de l'échelle*）（讲述的是先知的冥界之行）、伊本·阿拉比的神秘主义观点以及麦阿里的《宽恕书简》。戈伊蒂索洛似乎也恢复了一种古老的传统：探寻死者在另一个世界中的命运。在不同的教义和神学观点相互竞争的氛围下，问题是信奉何种宗教、属于何种教派才能保证死后得到救赎。如此一来，一种所谓的异象之梦便显得十分重要：逝者出现在某一位旧相识的梦里，向他透露自己经历了什么（是被奖赏还是惩罚）。对于做梦的人来说，这种异象之梦通常是一个与仇家和敌人了结恩怨的机会。

关于阿拉伯文化，戈伊蒂索洛注重的是其中的神秘主义维度。因此他对麦阿里不甚重视，在《巴尔扎赫》中，这位盲诗人仅见于这一句诗："轻踏大地吧，很快它就会变成你的坟墓。"

可是，这真的是麦阿里的诗句吗？或者说，

书里用到的翻译只是他近似的意思？总而言之，麦阿里的散文更加有力、更加讽刺：想到所有在土地里安息的尸骨，诗人说道：

把你的脚步放轻一些吧，因为我相信，地面就是由这些躯体铺就的。

这句诗与《巴尔扎赫》中的灵魂形成了完美的呼应，巴尔扎赫是缥缈的世界，就像伊本·阿拉比之后的戈伊蒂索洛所描述的那样：影子轻轻地在大地上行走，它们飘荡着，如同脆弱的、思巢的幼鸟。

阿拉伯读者在阅读《巴尔扎赫》的时候，会感到麦阿里被忽视了。一部小说有它自身的凝聚力，这点毋庸置疑，它完整得像一枚鸡蛋：我们无法对其进行增添、削减而不摧毁它的结构。说戈伊蒂索洛的小说缺少人物或者缺乏参照，那是精神错乱。然而，在深受阿拉伯文学熏陶的读者的想象中，冥界是与麦阿里以及他的《宽恕书简》联系在一起的。这部著作详细且不失幽默地描述了死者的复活、审判、天堂与地狱。麦阿里所描述的冥界是一场诗人与语法学家云集的盛宴。既然主人公伊本·格利哈（Ibn al-Qârih）是一位文人，他就只能和其他文人一起复活……同样的景象却使戈伊蒂索洛极为不满："我真想不到你会参加这种吵闹的晚宴，你的同胞会如此高兴，把诗人、小说家、批评家、文献学家还有语法学家聚在一起，而你和他们谈论的永远都是文学话题！这群贝内特式的抄写员，卡瓦菲斯式的诗人，迂腐的缪斯和其他一些让你避之唯恐不及、虚荣又自负的蠢货。被迫忍受和这些学者与官员、奖章获得者和被媒体吹捧的学者在一起，那将是多么残忍的惩罚啊！"

麦阿里对来世进行了描绘，可是他并不相信复活，大概是出于这个原因，戈伊蒂索洛没有在《巴尔扎赫》中见到他。但或许他们早已在别处，在另一部小说中相遇了。

佩雷克和哈里里

　　《人生拼图版》（*La Vie mode d'emploi*）对哈里里的提及令人颇感吃惊：这位来自巴士拉的十一世纪阿拉伯作家，在欧洲几乎无人知晓。除了少数几个专家，他的名字不会让法国读者产生任何的联想，另外数十位不同文化背景的作家也是如此，《人生拼图版》提到他们显然只是为了营造出所谓的渊博效果。不过，哈里里（"丝绸商"）在文中的出现绝非偶然。

　　他是在何种语境下被引用的呢？在《人生拼图版》的第 333 页[1]，乔治·佩雷克将某一期

---

① 巴黎：阿歇特出版社（Hachette），1978 年。

206

《鲁汉语言学会学报》(*Bulletin de l'Institut de linguistique de Louvain*)的目录照搬了下来。这期报纸被放在丹特维尔大夫的门垫旁边，在"一摞捆好的，给定期来公寓里收集废纸的学生们的报纸"当中。顺便说一句，有人可能会疑惑这份放在医学刊物上面的语言学学报是做什么用的……在目录里提到的那些文章当中，有一篇是 L. 斯特凡尼（L. Stefani）的文章，题为《再论哈里里（三）——填字游戏与等字构句》(Harîrî Revisited. III. Crosswords and Isograms[①])。这显然是一项研究的第三部分，前两部分已经刊登在前面几期中。"再论"哈里里的 L. 斯特凡尼，在这一部分中探讨的是这位阿拉伯古代作家的文字游戏。我们并不知道之前还研究了哈里里的哪些方面；但我们能够想象到第一部分提到了他的代表作《玛卡梅集》的创作环境，第二部分则将其置于阿拉伯古典叙事的框架之中，

---

① "Isogram"在此处指一种文字游戏，需使句子包含的各个字母在句中出现的次数相同。译者注

然后对其中的主题，尤其是流浪冒险，进行了分析。不论如何，L. 斯特凡尼的文章可以被视作谈论哈里里的新尝试。然而，据我所知，这位研究者并不在那些对《玛卡梅集》作者感兴趣的研究者之列。佩雷克在索引中还提到了他一次，但没有给出任何相关的提示。显然，L. 斯特凡尼纯属虚构。

在索引中，佩雷克称哈里里为"阿拉伯诗人"，并且标注了他的生卒年（1054—1122）。不过，这里还需明确一点：哈里里确实写过一些诗，但确切地说，他并不是作为诗人而闻名的。我们会发现，他的作品说不上多。他曾写过一首关于语法之美的教学用诗《语法分析妙语》（*Les Beautés de la syntaxe des désinences*），还有一部词汇学著作《潜水者的珍珠》（*La Perle du plongeur*）。他还写了多部书简，其中两部因形式上的特点吸引了人们的注意：一部中，每个词都包含"s"，另一部中，每个词都包含"sh"。然而，哈里里之所以出名，是多亏了他的"玛卡梅",这个词语翻译成法语是"séances"[1],翻译成英语则是"assemblies"。玛卡梅是用深奥晦涩的语言写就的短篇叙事:它的主人公是个博学、能言善辩的市井无赖。要注意哈里里并不是第一个写玛卡梅的人;这一叙事文类(西班牙流浪汉小说的前身)的奠基者是十世纪的哈梅达尼。然而,哈里里,作为模仿者,却超越了其典范。

佩雷克是从哪里听说哈里里的?在他写《人生拼图版》的时候,《玛卡梅集》早已被翻译成英语和德语,但只有几篇被译成了法语,发表在一些难以获得的期刊上。[2]但不论佩雷克有没有读过《玛卡梅集》,他都对哈里里的写作有所耳

---

[1] 与后文的"assemblies"大意均为集会、合集。译者注
[2] 直到 1992 年,勒内·卡瓦姆(René Khawam)才出版了一部名为《狡黠者之书,一位天才流浪汉的玛卡梅》(*Le Livre des malins, séances d'un vagabond de génie*)的全译本,巴黎,太阳神出版社(Paris, Phébus)。

闻，尤其是他对文字游戏①的嗜好。我们或许会猜想他是从某本百科全书或是某一阿拉伯文学教材中知道哈里里的，但也不排除他是通过欧内斯特·勒南（Ernest Renan）的一篇文章《哈里里的"玛卡梅"》（Les *séances* de Harîrî）②了解到他的。

奇怪的是，《人生拼图版》中唯一一次提到勒南是关于丹特维尔博士的一位祖先，他"认为自己发现了用炭制造钻石的奥秘"。佩雷克写道，勒南"在他的一篇纪事中提到了这件事（《杂文集》，四十七，有数处提及）"。勒南真有一篇这样的纪事吗？需要查证。佩雷克经常如此：我们永远不知道他的文献出处是否真实可靠。比如说，还是有关丹特维尔博士，我们得知

---

① "……阿拉伯语法学家与诗人哈里里也会进行避字写作的练习，不过，必须指出，这只是业余爱好。"（参见乔治·佩雷克《避字写作的历史》["Histoire du lipogramme"]一文，乌力波丛书 [OuLiPo]，《潜在的文学——创作、再创作与趣味创作》[*La Littérature potentielle : créations, re-créations, récréations*]，伽利玛出版社，1973，第84页）[避字写作指的是故意避开某个字母不用的创作。译者注]

② 收录于《道德批判短论》，巴黎：卡尔曼—李维出版社，1859年。

他的一位祖先被路易十三封为贵族，并且卡迪南（Cadignan，十七世纪法国回忆录作家）"还给这位看起来很不好惹的士兵写下一段令人印象深刻的描写"。可是，这段描写只不过是复刻了《巨人传》（*Pantagruel*）中对巴汝奇的描写！阅读佩雷克，就是抱着怀疑的态度，我们知道，在阅读博尔赫斯的时候也必须如此。于是，我们被引导着对他的文献出处进行查证；但对于冠以勒南之名的这篇纪事，我没有这样做。然而，疑惑虽细微，却依然存在。就算证明了这出处是正确的，但被愚弄的感受始终存在。查证，这就是佩雷克欺骗的结果，源自一个巧妙的陷阱，而我，可能早已落入其中。

佩雷克并没有提到勒南关于哈里里的文章。但是，作为阿拉伯文化研究者，勒南是读过《玛卡梅集》的。阿拉伯读者们知道，没有注释的帮助很难涉猎这些文本，因为文中充满了古阿拉伯语，况且这些文本充满了隐喻，比较晦涩，以至于每读一行，都必须寻求注解。《玛卡梅集》大

概属于最难以接近的著作;因此它也经常被注释;
它甚至有可能是注释数量仅次于《古兰经》的阿
拉伯著作。显然,当我们借助译本来阅读它时,
至少在词汇上,它的晦涩减轻了,甚至消失了,
因为翻译实际上就是一种训诂,一种澄清。最引
人注目,或者说,最为奇特的注释出自西尔韦斯
特·德·萨西(Sylvestre de Sacy)。1822 年,他
对《玛卡梅集》进行修编,并加以大量的注释,
用的不是法语,而是阿拉伯语……勒南就是通过
这版注释读到了哈里里。①

有人会说,说得好,但这跟《人生拼图版》
有什么关系呢? 需要强调的是,哈里里是在丹特
维尔大夫附近被引用的。小说的第九十六章讲述
了这个人物的一个故事:在“他花低价请一些学
生匆忙撰写的论文”(换句话说,他并不是论文
的作者)通过答辩以后,他搬到了拉沃尔。有一
天,他在阁楼上“一个存放着家族旧文件的箱

---

① 他的文章对西尔韦斯特·德·萨西大加赞扬,这篇文章也是对
萨西的两个学生于 1853 年完成的第二版《玛卡梅集》的评论。

子里发现了一本小册子［……］书名是《泌尿系统》(*De structura renum*)，作者是他的一位祖先［……］他决心为这本小册子出一个评注本"。大功告成以后，丹特维尔大夫将作品的复印件寄送给了勒布朗－夏斯坦尔教授，教授将它寄了回来，认为它乏善可陈，并拒绝"在他个人方面，以任何方式帮助此书出版"。然而数年之后，勒布朗－夏斯坦尔教授发表了一系列成果，这些成果只不过是照搬了丹特维尔的手稿……丹特维尔的论文出自某位学生之手，勒布朗－夏斯坦尔教授的发表成果则是出自丹特维尔之手！

不论如何，丹特维尔和西尔韦斯特·德·萨西所做的工作确有可比之处。两人都为一部古籍出了评注本：丹特维尔"再论"了他的祖先，萨西"再论"了哈里里。而 L. 斯特凡尼，则着手了一项对哈里里的长期研究：他发表了研究的第三部分，并且没有任何信息能确认这是最后一部分。这三个例子涉及的工作都需要渊博学识，以及一种对古老文本的兴趣：先祖利戈·丹特维尔所构想的医学已经落伍，哈里里的写作也已经过时。

有了欧内斯特·勒南这一环，我才能把哈里里和佩雷克联系到一起，而且我承认，这种联系是偶然的，缺乏根据的。除此之外，或许还能建立一些其他类似的联系，它们大概会更好接受一些。

正如《人生拼图版》对各大洲，甚至说，对各个国家均有所描述或提及，《玛卡梅集》同样具有普遍性：每篇玛卡梅的标题都会提到"伊斯兰帝国"的某个地区或某个城市。主人公们都是不知疲倦的旅行者，除此以外，此书一经出版，就在他们曾经涉足的所有国家流传，正如同勒南所指出的："很少有著作能像哈里里的《玛卡梅集》那样产生如此广泛的文学影响。从伏尔加河到尼罗河，从恒河到直布罗陀海峡，对于所有使用阿拉伯语的民族来说，玛卡梅曾是美好精神与优美文风的典范。"

然而，与哈里里同一时代的人一开始并不认

可他是《玛卡梅集》真正的作者。正如勒布朗－夏斯坦尔教授将丹特维尔大夫的成果归到自己名下一样，哈里里也许是从一位死因不明的马格里布人的行囊中找到了一份书稿，并将其据为己有了。[1]

还有一点相似之处：哈里里的书是一个总和；在书中，我们能看到不同的文类、风格、笔调与语气，还能看到文学对非文学素材，例如司法内容的发掘。这本书被翻译成多种语言的同时，也有不少作家为它绘制插图，这是另一种形式的翻译与注释。但归根结底，这是一本不可译的书。可以说，从某些方面来看，哈里里是一位潜在的乌利波人；他的著作是根据一套限制体系[2]来撰写的。每篇玛卡梅在叙事上的确彼此独立、互不相连，但它们在主题上存在诸多关联。它们被分成五个系列，每个系列包含十篇玛卡梅：每个系

---

[1] 参见前文第 22 页。

[2] 限制体系：乌力波作家推崇一种有条件限制的写作（écriture sous contrainte），给写作人为制造障碍与束缚，从而探索文学创作的可能性。**译者注**

列的第一篇都是"劝诫的",第五篇和第十篇是"滑稽的",第六篇则是"文学的"。所谓"文学的"是指这篇玛卡梅是基于一种文字游戏,特别是回文(palindrome):某一首诗,或是某一篇书简,无论是从头读到尾,还是从尾读到头,都保留了相同的字母,也表达了同样的意思。

关于文字游戏,至少是某些文字游戏,一个大问题在于,它们是不可见的。头韵(allitération)能够引起注意("le dur désir de durer")[1],押韵以及有节律的散文同样如此。但是,如果我读到"élu par cette crapule"[2] 这一表达,回文的典例,我如何才能意识到,无论从左往右还是从右往左,它读起来都一样,并且还保持着同样的意思呢?除非机缘巧合或是灵光一现,我根本无从知晓。哈里里也遇到了这个问题:他每次都会标明自己耍的把戏,这样问题就迎刃而解了。佩雷

---

[1] 意为"继续下去的强烈愿望",法语原文体现了辅音"d"的重复。译者注

[2] 意为"被这帮混蛋推选出来"。译者注

克则没有这么直白；甚至可以说，《人生拼图版》和直白绝不沾边。可这样一来，这部小说中就会有数不清的游戏、陷阱、限制被读者不加注意地略过了。应不应该把它们指出来？佩雷克没有抵挡住诱惑，在他的采访中说出过其中一些，能够料想，他在与朋友们交心的时候也说起过。如此一来，我们才得知，在句子"短腿猎犬奥普提莫斯·马克西莫斯游到了卡尔维港，高兴地看见市长拿着一根骨头在等它"当中，藏着卡尔维诺（Calvino）的名字；而另一个句子"塞普蒂米乌斯·塞维鲁得知自己无法与贝伊达成协议，除非把妹妹塞普蒂米娅·奥克塔维拉献给他"，则藏着贝纳布（Bénabou）的名字。①

有两类读者会经常翻阅《人生拼图版》：一类读者阅读的是精彩的故事和"小说"，而另一

---

① 两句原文如下："Le basset Optimus Maximus arrive à la nage à Calvi, notant avec satisfaction que le maire l'attend avec un os"；"Septime Sévère apprend que les négociations avec le Bey n'aboutiront que s'il lui donne sa soeur Septimia Octavilla"，粗体为隐于句中的作家姓名，卡尔维诺与贝纳布同为乌力波人。译者注

类读者（理想的读者？）知道佩雷克对待文字的游戏态度，并不信任表面文本，他们寻找构成文本的文字游戏与把戏。但谁能声称自己知道佩雷克遵循的所有写作限制呢？尽管我们已经发现了许多，可我们依然怀疑还有很多其他限制存在，只是它们踪迹难寻，需要大力搜索；阅读的诱惑由此而来，这是一种神秘的、玄奥的、永无止境的阅读。

有一种实实在在的乐趣，是发现一个文本中藏着另外一个文本，是发现意料之外的阅读是可能的，甚至是必要的。但我必须承认，我刚才提到的例子确实伴随着失望的情绪。在短暂的兴奋过后，高涨的情绪消退了：不过如此！亏我还说佩雷克探索了语言的可能性，[1]一种苦涩的记忆把这一切都淹没了。什么记忆？有关阿拉伯古典文学"没落"（不论是真实还是想象）的

---

[1] 参见茨维坦·托多罗夫（Tzvetan Todorov）的精彩研究《文字游戏》（*Les jeux de mots*），见于《话语类型》（*Les Genres du discours*），巴黎：瑟伊出版社，1978 年。

记忆，这种没落是从十一世纪，更确切地说，是从哈里里开始的。不论是对是错，如今阿拉伯人把责任归到了哈里里和他的后继者头上：他们的文字游戏和语言杂技是这场灾难的主要原因，数个世纪以来的纯文学在这场灾难中毁于一旦。因此，当我们了解到乌力波某些方面的创作想法时，会报以宽容和同情的微笑。佩雷克不是哈里里，这点毋庸置疑，但是假如把《消失》①放到阿拉伯读者眼前，他们还是会感到一种令人不安的陌生感扑面而来。这本小说可能永远不会被翻译成阿拉伯语，至少不会很快翻译。

① *La Disparition*，佩雷克著名的避字作品，全书禁止字母"e"的使用。译者注

阿威罗伊的二十四小时

尽管统治着安达卢西亚，人称逃亡者的国王阿卜杜·拉赫曼一世（'Abd ar-Rahmân）依然在内心深处思念着叙利亚，他的故乡。[①] 有一天，他看见一棵棕榈树，感叹道：

你也一样，噢，棕榈！
你也身处异乡。[②]

[①] 阿卜杜·拉赫曼一世是倭马亚王室后裔，自幼生活在大马士革（今叙利亚首都）皇宫中，倭马亚王朝被阿拔斯王朝推翻时，阿卜杜·拉赫曼一世逃至北非；后占领安达卢西亚，开启了后倭马亚王朝的统治。**译者注**

[②] 博尔赫斯，《全集》（*Œuvres complètes*），巴黎：伽利玛出版社，"七星文库"，第一卷，1993年，第621页。

在《阿威罗伊的探索》①中，博尔赫斯讲到了这个故事，并让这位来自科尔多瓦的哲学家说道："这就是诗歌特有的好处：这是一位怀念东方的国王所写下的词句，流放非洲的我也可以用它来抒发对西班牙的思念。"

阿威罗伊用他自己的方式成为了怀旧者。他生在欧洲，却一生深受来自沙漠的阿拉伯诗歌的影响，对其他所有的文学漠不关心。他对亚里士多德《诗学》（*Poétique*）的评价就是最为生动的写照：他自始至终都不知道，这部著作谈论的主要是戏剧。误导他的是他所依据的阿拉伯语翻译很可能是麦泰·伊本·优努斯（Mattâ ibn Yûnus）的译本，里面把悲剧一词译成了歌颂作品，而喜剧则被译成了讽刺作品：有的人认为，这个重大误解阻碍了他与希腊文学的相遇。博尔

---

① La quête d'Averroès，博尔赫斯短篇小说集《阿莱夫》中的篇目。阿威罗伊，又名伊本·路世德。穆拉比特王朝哲学家，曾奉哈里发之命翻译注释亚里士多德的著作，后因其学说被认为存在异端倾向而遭到放逐。**译者注**

赫斯在《阿威罗伊的探索》中描述的正是这种误解，并且他用自己的方式进行了描述。

故事的开篇，哲学家在自己的书房里，正在写他那本驳斥神学家加扎利的书《矛盾的矛盾》（*Tahâfut-at-tahâfut*）："笔尖在纸面上游走；论据环环相扣，无可辩驳；然而，一丝疑虑破坏了阿威罗伊的兴致……前一天晚上，《诗学》开头有两个令人费解的词语把他给难住了。它们是'tragoedia'（悲剧）和'comoedia'（喜剧）。几年前，他曾经在《修辞学》（*Rhétorique*）第三卷中碰见过这两个词；但伊斯兰世界没有一个人能揣摩出它们是什么意思。他翻遍了阿弗洛狄忒的亚历山大（Alexandre d'Aphrodisias）的所有论著，却一无所获。他又查阅了侯奈因·伊本·伊斯哈格（Hunayn ibn Ishaq）以及阿布·巴沙尔·梅塔（Abu Bashar Meta）的译文，依旧一无所获。这两个玄奥的词在《诗学》文本中随处可见：避无可避。"

在《诗学》开头，阿威罗伊被这两个难以

理解的词语绊住了。我们知道，他既不懂古希腊语，也不懂古叙利亚语。然而，《诗学》最开始就是被翻译成了古叙利亚语，十世纪的时候，《诗学》又从这一语言被转译成了阿拉伯语。就像博尔赫斯所说的，阿威罗伊"研读的是翻译的翻译"。若真是这样，摆在这位科尔多瓦哲学家眼前的就该是阿拉伯语译本。这样的话，他又怎么会碰上"tragoedia"和"comoedia"这两个词呢？按说他看到的应该是它们在阿拉伯语中对应的词才对。

于是，博尔赫斯的文本中存在着某种不确定性：不懂古希腊语的阿威罗伊，研读的似乎是《诗学》的古希腊语版本，对这两个令人费解的词语进行翻译的任务落到了他个人的身上。仿佛在阿拉伯文化当中，这两个词的翻译问题第一次出现，因此他就承担了将它们译成阿拉伯语的任务。这一点在故事的结尾得到了确认，阿威罗伊在"《古兰经》学家法拉赫"家里用过晚餐回来，得到了一条启示："某个事物向他揭示了这两个晦涩词语的含义。他在书稿上添上了几行工整有力的字：亚利斯都（也就是亚里士多德）把歌颂的作品叫做'悲剧'（tragédie），把讽刺和咒骂的作品叫做'喜剧'（comédie）。"

这几行字被加进了哪本书稿？故事开头唯一提到的就是《不一致的不一致性》，但这本书和《诗学》没有任何关系……博尔赫斯没说的是，阿威罗伊的确谈论过这"两个令人费解的词"，不过是在另一部概括亚里士多德著作的作品中。

让我们重新看一下博尔赫斯写了什么，要知道阿威罗伊"查阅了侯奈因·伊本·伊斯哈格以及阿布·巴沙尔·梅塔的译文"，却一无所获。看样子，这是《诗学》的阿拉伯语译本。如果是这样的话，阿威罗伊就没有必要苦苦寻找"tragoedia"和"comoedia"在阿拉伯语中对应的词了：他早该在这两位译者的译文中读到了。

不过，需要明确一点，侯奈因·伊本·伊斯哈格翻译了诸多古希腊科学著作，尤其是希波克拉底（Hippocrate）和盖伦（Galien）的著作，然而，没有任何文字提到他翻译了亚里士多德的《诗学》。事实上，是他的儿子伊斯哈格·伊本·侯奈因（Ishâq ibn Hunayn）承担了这项任务，不幸的是，他的翻译没能流传下来。至于阿布·巴沙尔·梅塔 [①]，他不是别人，就是阿布·毕什尔·玛塔（Abû Bishr Mattâ，卒于940年），《诗学》实际上的翻译者。再说一遍，他是第一个把"tragoedia"译成歌颂作品、把"comoedia"译成讽刺作品的人，而非阿威罗伊。

总的来说，博尔赫斯描述了一个错过的机会：阿威罗伊错失了与戏剧的会面。然而，在故事开头，他目睹了一场引人注目的表演："他隔着阳台的栏杆望去：一些半裸着身子的小孩正在下方狭小院子的土地上玩耍。一个孩子站在另一个的肩上，显然是在扮演祈祷的场景。"在此，

[①] 而不是人称"学者中的阿布巴塞尔"（l'Abubacer des scolastiques）的伊本·图斐利（Ibn Tufayl），正如让－皮埃尔·贝尔纳斯（Jean-Pierre Bernès）所认定的那样（同前博尔赫斯注，第1635页，注4）。

博尔赫斯点出了这位科尔多瓦哲学家的盲目，他竟没能辨别近在眼前的事物。一出戏剧就在他眼前上演，他却毫无所知。

过了一会儿，在法拉赫家用晚餐时，大家围绕着阿拉伯诗歌聊了起来。阿布卡西姆为对话带来了几分异域情调，这位旅行家说，他在中国看到了这样一场表演（"他几乎已经记不清了，这表演让他感到十分无聊"）："有一天，新卡兰①的穆斯林商人把我带进了一个刷了漆的木房子里，里面住着很多人 [……] 台子上的人在打鼓、弹琵琶，还有大概十五或二十个人（戴着深红色的面具）在祷告、唱歌或交谈。他们受到监禁，但没人看见牢房；他们骑马，但没人看见坐骑；他们作战，可剑是用芦苇做的；他们死了，可没过多久又爬起来。"

对于这番叙述，听众们唯有不解。"他们并不是疯了，"阿布卡西姆不得不解释道，"有位

---

① 今广州。译者注

商人告诉我，他们是在表演一个故事"。然而解释过后，疑惑分毫未减。"这样的话，"法拉赫最后总结道，"不需要二十个人，只要一位叙述者就能讲述清楚，不论是什么故事，不论有多复杂。"

失明，作为博尔赫斯钟爱的主题，在故事中有多处体现。文中提及双目失明的语法学家伊本·希达①以及词典学家海利勒②的《艾因书》（*Kitâb al-'ayn*），这并非偶然。这是第一部阿拉伯语词典，它的标题含义模糊：艾因书。标题之所以如此，是因为它并没有按照字母排序，而是从字母"ع"③开始。不过，这个字母（或者说这个单词）还有"眼睛"的含义。过了一会儿，晚餐上又有人提到了伊本·沙拉夫（Ibn Sharaf）这个名字：这位诗人，同时也是批评家，患有斜

---

① 伊本·希达（Ibn Sidah，1007—1066），安达卢西亚的语言学家、语文学家与词汇学家。编者注
② 海利勒·伊本·艾哈迈德（al-Khalîl ibn Ahmad，718—786 或791），阿拉伯倭马亚王朝到阿拔斯王朝时期的语言学家。编者注
③ 即"艾因"（'ayn）。译者注

视；他的对手①伊本·拉希克则瞎了一只眼。至于那晚同样被提到的贾希兹，他的名字（或者说绰号②）源于他的一个眼部特征：他眼球突出得厉害。这还不是全部：故事里有一段长篇大论围绕着前伊斯兰诗人祖海尔的一句诗展开，在这句诗中，祖海尔将"命运比作一头瞎眼的骆驼"。而实际上，这更像是说死亡，而且是将死亡比作了一头在夜里看不清东西的母骆驼。最后，我们读到"当穆安津呼唤人们做晨祷时，阿威罗伊回到了他的书房"。诵祷并没有让他想起孩子们表演祈祷的情景（请注意，那个孩子"紧闭着双眼"）。

根据传记作家们的说法，阿威罗伊在夜晚工作；他只在两个晚上没有工作，一个是新婚之夜，一个是他父亲去世那晚。白天，他担任卡迪（cadi）一职，也就是法官：这是属于宗教律

---

① 伊本·沙拉夫与伊本·拉希克同为齐里王朝宫中诗人，时任国王常常煽动两人比试诗才。**译者注**

② 贾希兹实为他的绰号，意为金鱼眼，见第 147 页注。**译者注**

法的时间，它的空间在外头，也就是在外面的世界。晚上，阿威罗伊研习哲学，这几乎是一个暗地里进行的学科，它意味着孤独和隐居，在自己家中，在屋宅之内：这是属于阴影的部分。阿威罗伊因此参与到两种形式的学问之中，它们有着各自的空间和时间。

不过在博尔赫斯的故事中，白天与夜晚具有特殊的含义。第一个时刻：阿威罗伊在自己家中，他用白天的时间写反驳加扎利的书。第二个时刻：白昼将尽，他去到法拉赫的家中，与朋友们聊了一夜。最后，第三个时刻：他回到家中，此时正是昼夜交替、晨昏相融的时分。就在这时，阿威罗伊得到了关于"tragoedia"和"comoedia"意义的（误导性的）启示，把它们误认为是"颂歌"以及"讽刺作品"。

阿威罗伊透过相同看到了不同，将古希腊文学带入阿拉伯文学之中。他走出了自己的书房，走向了他人。但他最终还是回到了自己家中，再次走进了自己的屋宅，以及它所代表的过去、传统价值、起源、那棵东方棕榈树……

　　阿威罗伊回了头，因为这一举动，他失去了欧律狄克。①

---

① 古希腊神话中，俄耳甫斯试图带意外离世的妻子欧律狄克重返人间，但在将出冥界之时忍不住回头张望，从而使欧律狄克重新堕入冥界，他也因此彻底失去了欧律狄克。**译者注**

译后记

　　初识基利托，是在法国当代文学理论家贝尔唐·韦斯特法尔的"地理批评"实践之作——《子午线的牢笼》中。在一个文化消费品井喷的时代，为了让他的读者走出文学与艺术固化的疆域，从媒体宣传与书报评论日趋同质化的茧房中突围，韦斯特法尔在论述中引介了不少令读者感到新奇陌生的作家与艺术家——阿卜杜勒法塔赫·基利托就是其中之一。

　　韦斯特法尔有两点观察。其一是由基利托两本书的书名引出的：一本名叫《你将不会说我的语言》，一本名叫《我说所有语言，但以阿拉伯语》。两本书分别由阿拉伯语和法语写成，既是一种幽默的自我呼应，似乎也暗示了基利托作为双语作家的双重身份。"多语言"问题被基利托形象地称为"分叉的舌头"，在他的多部作品中反复出现，其中《我说所有语言，但以阿拉伯语》已被译为中文出版。

另一点观察是基利托对"时间"的双重感知。同一个时间点，在不同的纪年方式下有着不同的意义，西方的格里高利历和阿拉伯世界的伊历代表了两种不同的参照系，两种不同的文化景观。可以说，《阿拉伯人与叙事艺术》这本书就是作者基利托借给读者的"复眼"，使我们看文学时多了一个陌生的视角——大多数中国读者对阿拉伯文学，尤其是阿拉伯古代文学，是不甚了解的。同时，这本书给我们带来一种新奇的以"异"观"异"的体验。虽然谈论的是阿拉伯古代文学，但基利托常以西方文学经典为媒。换言之，基利托在阿拉伯古代文学的海里，选取与我们更加熟知的文学作品存在潜在对话可能的"遗珠"，尽可能缩减我们与其的时空阻隔，如副标题所言，创造一种"陌生的熟悉感"。同时，也意在提醒我们，今日已略显边缘的阿拉伯文明自古以来一直是东西方交流的重要参与者，阿拉伯人曾被奉为"世界上最好的叙事者"，是叙事艺术被遗忘的先师。

从这本书我们不难窥见基利托一贯的写作特色：一位博学的作者，面对阿拉伯横亘数千年的文学传统，而能将这份厚重浓缩在每章十几页的篇幅中，举重若轻、优雅从容地传达出来。他现有的二十多部作品中大多是批评或是虚构，除去作家的身份，基利托同时还是一名阿拉伯古代文学学者，长期任教于摩洛哥首都拉巴特的穆罕默德五世大学。基利托于 1945 年生于拉巴特，彼时的摩洛哥尚未脱离法国的殖民，他和许多摩洛哥的孩子一样，学习法语。与作为母语与口语的阿拉伯语不同，对于那时的摩洛哥人来说，法语是仅存在于学校与书本中的语言，是知识分子和精英的语言。基利托便是通过法语接触到了外国文学，在他的记忆中，不同国家的文学被译为法语，出现在开罗和贝鲁特的书店以及学校的图书馆中，他由这些外国文字获得了文学上的启蒙，一步步走上了成为作家的道路。从基利托过往的写作或采访中不难看出他对法语的复杂情绪，这首先是一门具有吸引力的语言，它指向一个异彩纷呈的、阿拉伯文明以外的世界。但同时，他从未真正被法语接纳，这门习得的语言似乎阻碍了他成为真正的作家——用外语写作的人需要不断为自己辩护，争取一个似乎永远也争取不到的写作合法性。但不可否认，法语，以及由此敞开的外部世界为基利托提供了一个观察与反思自己民族文学的棱镜。基利托在法国索邦大学获得文学博士学位，研究的是阿拉伯古代文学。20世纪60年代在法国求学的经历使他的写作（尤其是早期有关阿拉伯文学的批评）有结构主义的影子，这从他的博士选题《玛卡梅集：赫迈扎尼与哈里里的叙事与文化符码》便可见一斑。他甚至曾说，自己的阅读与写作可分为"罗兰·巴特之前"与"罗兰·巴特之后"。而在近期接受中国媒体的采访时，基利托也认可自己在一些文学理论与思想家影响下，以全新的方式对阿拉伯传统的故事与叙事进行探讨，他所列举的作品就有巴特的《S/Z》、巴赫金的《小说美学与理论》、托多罗夫的《我们与他者》、马尔特·罗伯特的《原始小说与小说起源》、吉尔伯特·杜朗的《想象的人类学结构》、德里达的《播撒》等等。

那么，在基利托这样拥有一双复眼，能看到"两种风景、两种地貌"的作家笔下，阿拉伯古代文学究竟被如何呈现？

首先需要对阿拉伯古代文学有一些基本的了解。一般认为，阿拉伯古代与近现代文学的分界是 1798 年拿破仑入侵埃及。也就是说，阿拉伯古代文学是阿拉伯世界在遭受西方殖民侵略，被动受到其文化冲击之前的文学。在此之前，阿拉伯文明是一个相对独立且源远流长的文化体系，在独特的自然地理环境下，多民族与多元文化碰撞中积淀了丰富的文学财富。自公元 5 世纪到

19 世纪的漫长历程中，《古兰经》是阿拉伯文学史上的一道分水岭。在此之前由于阿拉伯语言与文字尚未成形统一，流传下来的作品主要是韵律与节奏感较强、便于口耳相传的诗歌，以及较为短小的箴言、卜辞等等。《古兰经》问世前的这一时期被称作贾希利叶时期，意为蒙昧时期，尽管如此，仍然有一批"悬诗"，以及被称为"侠盗诗人"的诗歌被视作这一时期的经典。在此之后，随着帝国的扩张以及伊斯兰化的推进，古代阿拉伯文学也逐渐在伍麦叶王朝与阿拔斯王朝迎来繁荣和鼎盛，又在蒙古人与土耳其人的入侵中走向阶段性衰落。阿拉伯古代文学在不断变迁的政治与社会气候中高潮迭起：为阐述政治与宗教观点互相对驳的伍麦叶朝"诗雄"、广泛流行于游牧民族间的"贞情诗"与"艳情诗"；在阿拔斯王朝开放包容的文化氛围之下，与波斯、印度、希腊罗马等多元文化的交融之中，民间与文人阶层创作共同繁荣，产生了《一千零一夜》与《安塔拉传奇》这样的叙事佳作，散文与诗歌并举，文辞风格多种多样，诞生了《卡里来和笛木乃》、《动物书》、《吝人传》，以及《玛卡梅集》这样的民族文学瑰宝；除此之外，安达卢西亚地区在阿拉伯人到来之后还催生了独具一格的文学风格，穆阿台米德·阿巴德的诗歌、伊本·哈兹姆的《鸽子的项圈》、伊本·图斐利的《哈义·本·叶格赞的故事》均为此中代表。

这些在阿拉伯文学史中被反复提及的作品同样出现在《阿拉伯人与叙事艺术》中，不过基利托没有采用文学通史式的写法。他更像是一个收藏家，读者永远无法预知他即将抛出什么有关阿拉伯文学的奇闻逸事，就像不知道他会从行囊里掏出什么形状的珍奇宝石。不过，正如通过观察矿石表面的纹路，也能从侧面对矿石所出土的地脉有所了解，读者从这些生动的轶事中也能捕捉到阿拉伯古代文学独有的风貌与气息，甚至能从作者独特的切入角度中意外获得对阿拉伯文学全新的、更为本质的认识。例如，基利托介绍了阿拉伯文学中叙事和诗歌传统的不同起源，由此

238

解释了为何阿拉伯文学中，在经典作家及作品人物身上屡屡出现"奉命著书"的传统，而这似乎也暗示了阿拉伯民族精通叙事艺术的其中一个原因，——叙述者肩负着传达某种讯息的使命，同时它只向特定的对象（一位君主）敞开。叙事因此不仅需要具备一定的说服力，同时要通过转义与丰富的修辞手法使之含蓄而隐蔽，这一点在《卡里来和笛木乃》以及尤西等作家劝诤君主的书简中可见一斑。

除此之外，基利托在书写阿拉伯古代文学时还尤其关注文学的流动、转化与异变。基利托在书中曾引用乔治·斯坦纳的观点，认为包括阿拉伯在内的许多民族将翻译，尤其是本民族经典文本的翻译，视作一种入侵。他们认为这些经典的文本一旦脱离本民族的语言，便可能改变原意，或者丢失其精髓。这也是阿拉伯人以它们的诗歌为傲，但这些诗歌对世界文学的影响却远不及他们的叙事文学的原因。然而，尽管这种文化的敌对与竞争态度普遍存在，文学的迁移与转化却比我们想象中频繁，并且充满了偶然性与戏剧性。最为典型的便是原为印度哲学家白得巴所作，被印度人视为智慧之书而禁止流入外族的《五卷书》，基利托详细说明了它被一位名叫白尔才的波斯人偷偷抄录、翻译为帕列维语，随后被伊本·穆格法整理翻译为《卡里来和笛木乃》经过。基利托还谈到在"驯服"陌生、神秘而野蛮的异族文学的过程中对其作出的种种改变。例如在谈及玛卡梅时，基利托谈论的并非玛卡梅原本，而是引发西方学者关注的瓦西提插画本，尽管在基利托看来，后者的插画并没有完全忠实于哈里里所写的内容，但绘画的形式却帮助因炫耀文辞而过于艰涩、难以翻译的玛卡梅免于被遗忘。又如基利托借《哈义·本·叶格赞的故事》中无父无母的主人公由羚羊抚养长大的诞生之谜，来隐喻阿拉伯文学在被译入西方世界时，为便于接受，而被安上只有表面相似而实际上并无渊源的标签。

不过，基利托并不认为这是一种对文学的矮化，他对迁移过程中发生的"篡改"并无批判之意，具备迁移的能力是作品之幸，尽管迁移以意义的流失、误读的发生为代价。正如基利托对《一千零一夜》的观点，尽管在阿拉伯文人的眼中它并非正典，但它在世界文学场域无尽的流动中获得了常读常新的生命力。他本人也同样善于寻找不同文学中共通的主题与形象，以此介绍阿拉伯文学作品，例如《鸽子的项圈》的爱情主题、穆阿台米德诗歌中的放逐主题、侠盗诗人以及他们诗中的神怪、《吝人传》也让人联想到许多耳熟能详的吝啬鬼形象；又或许是作品与作品、作家与作家之间隐蔽的关联——作家的阅读史往往通过其笔下的人物或者作品中的其他蛛丝马迹表露无疑：戈伊蒂索洛与莫里诺斯与伊本·阿拉比的神秘主义、佩雷克与哈里里、博尔赫斯与阿威罗伊……在这最后一个故事中，基利托通过阿威罗伊对"悲剧"与"喜剧"两个西方文学概念啼笑皆非的误译告诉我们，文化的迁移并非总是成功——在翻译时，倘若不能建立起一种"异"的目光，反而习于以惯常的目光去度量他者，就有可能导致交流的失败。

《阿拉伯人与叙事艺术》向我们展示了一幅繁荣的阿拉伯古代文学图景，基利托没有明说的，是阿拉伯文学在世界文学中的位置是如何发生了改变。在巴格达的"智慧宫"，阿拉伯人是翻译的主体。在这场历时两百多年的翻译运动中，古希腊、古罗马、波斯和印度的各类著作都被翻译成了阿拉伯语，极大地促进了阿拉伯文化的发展。欧洲人也有自己的智慧宫，那便是有着"伟大的翻译车间"之称的托莱多翻译院。而这一次，阿拉伯变成了被翻译的对象。在中古世纪，对于当时文化还不算发达的欧洲人来说，去托莱多是一件值得骄傲的事。"到托莱多去译书吧！"：数不胜数的译书修士前来朝圣，许多日后的文坛巨匠也都曾慕名而来。这场声势浩大的翻译活动持续了整整一个半世纪，构成了西方翻译史上的第三次高潮，不仅为阿拉伯文化的西传做出了突出的贡献，也为欧洲文艺复兴打下了坚实的基础。

从巴格达到托莱多，从智慧宫到翻译车间，阿拉伯文学以自己开阔的襟怀容纳了各种异域文化，又慷慨地把自身奉献给外部世界。阿拉伯文学史上的另一次翻译高潮则是十九世纪的翻译运动，但这一次没有了往日的从容和底气。随着阿拔斯王朝的覆灭，阿拉伯文学已由盛转衰。

基利托显然属于接受了西方文化和阿拉伯传统文化影响的学者。拥有复眼的人，似乎天然地拥有向他人讲述分水岭上的景观的义务。这样的义务让哪怕是认为"自己的作品沾染了浅薄之风"的基利托笔耕不辍。在书中，我们了解到阿拉伯古代作家往往是受到他人嘱托才开始写作，基利托则是接受了阿拉伯古代文学的嘱托，便也像他的前辈那样怀着歉疚书写。这或许就是基利托在这本小书中所做的——他用一种在"文学共和国"里具有更高流通性的语言书写，向阿拉伯世界以外的读者介绍阿拉伯古代文学。

或许也写给当今的阿拉伯读者。正如基利托本人所言，现在的阿拉伯人需要远离自己去理解自己的文化，稍有不慎就会如异国的读者一样"迷失在复杂的东方"之中。从这个意义上来说，这本书是充满趣味的阿拉伯文学寻珠，更是一本孤独的守望者之书。